世界经典文学名著

——影响你的一生

中国经典

新课标必读系列丛书

THE NEW CURRICULUM STANDARDS REQUIRED SERIES

二十世纪中国短篇小说精选

宁丽萍／选编

名著阅读的最佳引导者

海峡出版发行集团 THE STRAITS PUBLISHING & DISTRIBUTING GROUP | 福建人民出版社 FUJIAN PEOPLE'S PUBLISHING HOUSE

图书在版编目（CIP）数据

二十世纪中国短篇小说精选 / 宁丽萍选编 .
—— 福州：福建人民出版社，2013.10 （2017.7 重印）
（新课标必读系列丛书）
ISBN 978-7-211-06810-4/01

Ⅰ.①二… Ⅱ.①宁… Ⅲ.①短篇小说－小说集－中国－现代 Ⅳ.① I246.7

中国版本图书馆 CIP 数据核字 (2013) 第 187739 号

外国经典 新课标必读系列丛书
The New Curriculum Standards Required Series

二十世纪中国短篇小说精选

宁丽萍 / 选编

总 策 划：周凯龙　汤伏祥　林顶
责任编辑：林顶
出版发行：海峡出版发行集团
　　　　　福建人民出版社
网　　址：www.fjpph.com
地　　址：福州市东水路 76 号
电　　话：0591-83635634
装帧设计：福州良之设计工作室
插图绘制：北京印刷学院
　　　　　数字出版绘画艺术工作室
经　　销：福建新华发行（集团）有限责任公司
印　　刷：北京一鑫印务有限责任公司
地　　址：北京市顺义区北务镇政府西 200 米
开　　本：787mmX1092mm　1/16
印　　张：13
字　　数：250 千字
版　　次：2013 年 10 月第 1 版
印　　次：2017 年 7 月第 2 次印刷
定　　价：29.80 元
书　　号：ISBN 978-7-211-06810-4/01

新华福龙 XINHUA FULONG
发行中心：福建省福州市福光路 189 号 3 楼　邮　　编：350014
电　　话：0591—63121760 63121761　传　　真：0591—87576255

导读

同中国历史悠久的古代文学相比，兴起于二十世纪之初的中国的白话文学是年轻的。就短篇小说来说，自 1918 年鲁迅发表的第一篇具有影响力的短篇白话小说《狂人日记》以来，至今也只有短短的近百年时间，但这就是这历史长河中一瞬，却给后世读者留下了宝贵的文学财富。

新中国成立以前的小说样式主要以短篇为主，许多作家都创作了大量风格各异的短篇小说，像郁达夫、叶绍钧、许地山、丁玲等都是以短篇小说的创作蜚声文坛。“五四”文学革命后的十年间，短篇小说几乎是小说文学的唯一体裁，而三四十年代的中国社会风云迭起，作家们的生活大都颠沛流离，不能安于一处，短篇小说的样式正好给了这些白话经验并不深的写作者抒发自我苦闷、反映社会动荡的机会。新中国成立后，随着大量长篇小说的涌现，特别是到了新时期后，作家们偏向于史诗般的皇皇巨作，短篇小说似乎不再辉煌，但其实他们并没有放弃短篇的写作，如果细心挖掘，还是能找到不少经典之作，如八十年代先锋派、新写实派短篇小说。事实上，二十世纪的短篇小说一直在不断发展，逐渐走向成熟，因而要从篇幅众多的小说文本中选取十几篇代表之作尤其艰难，然而为了编本的安排，对于一些经典之作也不得不忍痛割爱。我们希望读者能通过阅读这些精挑细选的文本激发更大的求知欲望，继而努力去探索更广阔的二十世纪中国文学宝库。

既然是选编，自然会有对经典作品判定的立场，我们选编的第一标准便是文本“独特”，这种“独特”或许体现在小说艺术的精湛上，或许体现在小说题材的独一无二上，或许因为它反映了某个时期社会群体的精神风貌，总之它要有独特的代表意义。按这一标准来审视入编的小说，就更能体会到这些作品的独特性。

在这样的标准下，本书一共选择了十三位作家的十三篇短篇小说，它们大都是作家的经典代表作，在文学史上广为流传。

开篇是鲁迅的《在酒楼上》，鲁迅的小说不仅在现代文学史上具有开创性，在艺术水平上也达到了后人难以企及的高度。《在酒楼上》这篇小说是鲁迅描写启蒙知识分子题材小说的代表作，小说通过曾经的“革命者”吕纬甫中年之时的口述，批判了这缺少革命“韧”劲，在生活的胁迫下安于平淡，模糊度日的知识分子。郁达夫的《迟桂花》和吴组缃的《箓竹山房》都是描写人性情欲冲动的小说。《迟桂花》是郁达夫的后期作品，比起他早期露骨地抒写社会“零余者”精神苦闷的小说，这篇小说主人公“我”对“莲”的感情写得更加含蓄，笔法也更加老道。事实上主人公那转瞬即逝的情欲冲突已不再是早年那种无法排遣的积郁，而在满山的迟桂花香中升华成为一种精神上的满足。《箓竹山房》则与《迟桂花》不同，吴组缃是通过畸形与正常的婚姻状况不着一字地表露了人性无法掩饰的需求。小说最后为丈夫守节一辈子的“姑姑”从窗户中偷看“我”与“阿圆”的情节正印证了封建礼教对妇女的残害。许地山《缀网劳蛛》独特性在于作品具有浓郁的宗教色彩和异域情调；柔石《为奴隶的母亲》通过对旧社会惨无人道的“典妻”现象的描写，冷峻解剖现实，揭露了封建道德的虚伪和堕落；穆时英《上海的狐步舞》用现代派艺术表现手法，像电影镜头般的跳跃，勾勒出五光十色的上海夜景，表现了新感觉派小说的创作特色。

沈从文的《丈夫》之所以独特主要是审美角度来考虑，此文是散文化小说的代表，语言清丽。茅盾的《春蚕》是描写农民题材的作品。从双重压迫下农民“丰收成灾”的悲剧揭露了旧社会下层民众的生活无望；老舍的短篇《断魂枪》延续了作者一贯的“北京文化”题材，可以从这篇小说中窥见他长篇小说的书写风格；张天翼的讽刺小说《华威先生》以“华威”的“忙”讽刺了抗战时期投机的文化救亡者的权利攫取欲；张爱玲的《封锁》对时空戏剧化的处理和对世俗男女寓言化的构造值得我们细细体会。……

总之，二十世纪中国短篇小说的成就远非一本选集可以代言，事实上无论小说的文本多具有代表性，终就需要读者自我审阅。小说的无穷意义只有经过亲身阅读才能体会，否则再丰富的宝藏在你面前就只是一纸文字而已。

二十世纪中国短篇小说精选

目 录

中国现代小说是在与传统旧文学的深深“断裂”和与外国文学的猛烈“碰撞”中诞生的。因此，中国现代小说的出现不仅仅体现出它在文学或文体等方面的价值，更显示出一种文化的意义。中国小说的渊源悠深，明清以来更是出现了众多的白话小说，然而以“五四”新文学为起点，以鲁迅的白话小说为标志，中国现代小说以全新的思想内涵和前所未有的表现形式，掀开了中国小说发展史上崭新的一页。中国现代小说自觉担负了展示中国社会历史进程、反映现代国人行为方式与思维方式的重任。

在酒楼上

——鲁迅

我从北地向东南旅行，绕道访了我的家乡，就到S城。这城离我的故乡不过三十里，坐了小船，小半天可到，我曾在这里的学校里当过一年的教员。深冬雪后，风景凄清，懒散和怀旧的心绪联结起来，我竟暂寓在S城的洛思旅馆里了；这旅馆是先前所没有的。城圈本不大，寻访了几个以为可以会见的旧同事，一个也不在，早不知散到那里去了，经过学校的门口，也改换了名称和模样，于我很生疏。不到两个时辰，我的意兴早已索然，颇悔此来为多事了。

我所住的旅馆是租房不卖饭的，饭菜必须另外叫来，但又无味，入口如嚼泥土。窗外只有渍痕班驳的墙壁，帖着枯死的莓苔；上面是铅色的天，白皑皑的绝无精采，而且微雪又飞舞起来了。我午餐本没有饱，又没有可以消遣的事情，便很自然的想到先前有一家很熟识的小酒楼，叫一石居的，算来离旅馆并不远。我于是立即锁了房门，出街向那酒楼去。其实也无非想姑且逃避客中的无聊，并不专为买醉。一石居是在的，狭小阴湿的店面和破旧的招牌都依旧；但从掌柜以至堂倌却已没有一个熟人，我在这一石居中也完全成了生客。然而我终于跨上那走熟的屋角的扶梯去了，由此径到小楼上。

上面也依然是五张小板桌；独有原是木棂的后窗却换嵌了玻璃。

“一斤绍酒。——菜？十个油豆腐，辣酱要多！”

我一面说给跟我上来的堂倌听，一面向后窗走，就在靠窗的一张桌旁坐下了。楼上“空空如也”，任我拣得最好的坐位：可以眺望楼下的废园。这园大概是不属于酒家的，我先前也曾眺望过许多回，有时也在雪天里。但现在从惯于北方的眼睛看来，却很值得惊异了：几株老梅竟斗雪开着满树的繁花，仿佛毫不以深冬为意；倒塌的亭子边还有一株山茶树，从晴绿的密叶里显出十几朵红花来，赫赫的在雪中明得如火，愤怒而且傲慢，如蔑视游人的甘心于远行。我这时又忽地想到这里积雪的滋润，著物不去，晶莹有光，不比朔雪的粉一般干，大风一吹，便飞得满空如烟雾。……

“客人，酒。……”

堂倌懒懒的说着，放下杯、筷、酒壶和碗碟，酒到了。我转脸向了板桌，排好器具，斟出酒来。觉得北方固不是我的旧乡，但南来又只能算一个客子，无论那边的干雪怎样纷飞，这里的柔雪又怎样的依恋，于我都没有什么关系了。我略带些哀愁，然而很舒服的呷一口酒。酒味很纯正；油豆腐也煮得十分好；可惜辣酱太淡薄，本来S城人是不懂得吃辣的。

大概是因为正在下午的缘故罢，这会说是酒楼，却毫无酒楼气，我已经喝下三杯酒去了，而我以外还是四张空板桌。我看着废园，渐渐的感到孤独，但又不愿有别的酒客上来。偶然听得楼梯上脚步响，便不由的有些懊恼，待到看见是堂倌，才又安心了，这样的又喝了两杯酒。

我想，这回定是酒客了，因为听得那脚步声比堂倌的要缓得多。约略料他走完了楼梯的时候，我便害怕似的抬头去看这无干的同伴，同时也就吃惊的站起来。我竟不料在这里意外的遇见朋友了，——假如他现在还许我称他为朋友。那上来的分明是我的旧同窗，也是做教员时代的旧同事，面貌虽然颇有些改变，但一见也就认识，独有行动却变得格外迂缓，很不像当年敏捷精悍的吕纬甫了。

“阿，——纬甫，是你么？我万想不到会在这里遇见你。”

“阿阿，是你？我也万想不到……”

我就邀他同坐，但他似乎略略踌躇之后，方才坐下来。我起先很以为奇，接着便有些悲伤，而且不快了。细看他相貌，也还是乱蓬蓬的须发；苍白的长方脸，然而衰瘦了。精神很沉静，或者却是颓唐，又浓又黑的眉毛底下的眼睛也失了精采，但当他缓缓的四顾的时候，却对废园忽地闪出我在学校时代常常看见的射人的光来。

“我们，”我高兴的，然而颇不自然的说，“我们这一别，怕有十年了罢。我早知道你在济南，可是实在懒得太难，终于没有写一封信。……”

“彼此都一样。可是现在我在太原了，已经两年多，和我的母亲。我回来接她的时候，知道你早搬走了，搬得很干净。”

“你在太原做什么呢？”我问。

“教书，在一个同乡的家里。”

“这以前呢？”

“这以前么？”他从衣袋里掏出一支烟卷来，点了火衔在嘴里，看着喷出的烟雾，沉思似的说：“无非做了些无聊的事情，等于什么也没有做。”

他也问我别后的景况；我一面告诉他一个大概，一面叫堂倌先取杯筷来，使他先喝着我的酒，然后再去添二斤。其间还点菜，我们先前原是毫不客气的，但此刻却推让起来了，终于说不清那一样是谁点的，就从堂倌的口头报告上指定了四样菜：茴香豆，冻肉，油豆腐，青鱼干。

“我一回来，就想到我可笑。”他一手擎着烟卷，一只手扶着酒杯，似笑非笑的向我说。“我在少年时，看见蜂子或蝇子停在一个地方，给什么来一吓，即刻飞去了，但是飞了一个小圈子，便又回来停在原地点，便以为这实在很可笑，也可怜。可不料现在我自己也飞回来了，不过绕了一点小圈子。又不料你也回来了。你不能飞得更远些么？”

“这难说，大约也不外乎绕点小圈子罢。”我也似笑非笑的说。“但是你为什么飞回来的呢？”

“也还是为了无聊的事。”他一口喝干了一杯酒，吸几口烟，眼睛略为张大了。“无聊的。——但是我们就谈谈罢。”

堂倌搬上新添的酒菜来，排满了一桌，楼上又添了烟气和油豆腐的热气，仿佛热闹起来了；楼外的雪也越加纷纷的下。

“你也许本来知道，”他接着说，“我曾经有一个小兄弟，是三岁上死掉的，就葬在这乡下。我连他的模样都记不清楚了，但听母亲说，是一个很可爱念的孩子，和我也很相投，至今她提起来还似乎要下泪。今年春天，一个堂兄就来了一封信，说他的坟边已经渐渐的浸了水，不久怕要陷入河里去了，须得赶紧去设法。母亲一知道就很着急，几乎几夜睡不着，——她又自己能看信的。然而我能有什么法子呢？没有钱，没有工夫：当时什么法也没有。

“一直挨到现在，趁着年假的闲空，我才得回南给他来迁葬。”他又喝干一杯酒，看说窗外，说，“这在那边那里能如此呢？积雪里会有花，雪地下会不冻。就在前天，我在城里买了一口小棺材，——因为我预料那地下的应该早已朽烂了，——带着棉絮和被褥，雇了四个土工，下乡迁葬去。我当时忽而很高兴，愿意掘一回坟，愿意一见我那曾经和我很亲睦的小兄弟的骨殖：这些事我生平都没有经历过。到得坟地，果然，河水只是咬进来，离坟已不到二尺远。可怜的坟，两年没有培土，也平下去了。我站在雪中，决然的指着他对土工说，'掘开来！'我实在是一个庸人，我这时觉得我的声音有些希奇，这命令也是一个在我一生中最为伟大的命令。但土工们却毫不骇怪，就动手掘下去了。待到掘着圹穴，我便过去看，果然，棺木已经快要烂尽了，只剩下一堆木丝和小木片。我的心颤动着，自去拨开这些，很小心的，要看一看我的小兄弟，然而出乎意外！被褥，衣服，骨骼，什么也没有。我想，这些都消尽了，向来听说最难烂的是头发，也许还有罢。我便伏下去，在该是枕头所在的泥土里仔仔细细的看，也没有。踪影全无！"

我忽而看见他眼圈微红了，但立即知道是有了酒意。他总不很吃菜，单是把酒不停的喝，早喝了一斤多，神情和举动都活泼起来，渐近于先前所见的吕纬甫了，我叫堂倌再添二斤酒，然后回转身，也拿着酒杯，正对面默默的听着。

"其实，这本已可以不必再迁，只要平了土，卖掉棺材；就此完事了的。我去卖棺材虽然有些离奇，但只要价钱极便宜，原铺子就许要，至少总可以捞回几文酒钱来。但我不这样，我仍然铺好被褥，用棉花裹了些他先前身体所在的地方的泥土，包起来，装在新棺材里，运到我父亲埋着的坟地上，在他坟旁埋掉了。因为外面用砖墩，昨天又忙了我大半天：监工。但这样总算完结了一件事，足够去骗骗我的母亲，使她安心些。——阿阿，你这样的看我，你怪我何以和先前太不相同了么？是的，我也还记得我们同到城隍庙里去拔掉神像的胡子的时候，连日议论些改革中国的方法以至于打起来的时候。但我现在就是这样子，敷敷衍衍，模模胡胡。我有时自己也想到，倘若先前的朋友看见我，怕会不认我做朋友了。——然而我现在就是这样。”

他又掏出一支烟卷来，衔在嘴里，点了火。

“看你的神情，你似乎还有些期望我，——我现在自然麻木得多了，但是有些事也还看得出。这使我很感激，然而也使我很不安：怕我终于辜负了至今还对我怀着好意的老朋友。……”他忽而停住了，吸几口烟，才又慢慢的说，“正在今天，刚在我到这一石居来之前，也就做了一件无聊事，然而也是我自己愿意做的。我先前的东边的邻居叫长富，是一个船户。他有一个女儿叫阿顺，你那时到我家里来，也许见过的，但你一定没有留心，因为那时她还小。后来她也长得并不好看，不过是平常的瘦瘦的瓜子脸，黄脸皮；独有眼睛非常大，睫毛也很长，眼白又青得如夜的晴天，而且是北方的无风的晴天，这里的就没有那么明净了。她很能干，十多岁没了母亲，招呼两个小弟妹都靠她，又得服侍父亲，事事都周到；也经济，家计倒渐渐的稳当起来了。邻居几乎没有一个不夸奖她，连长富也时常说些感激的话。这一次我动身回来的时候，我的母亲又记得她了，老年人记性真长久。她说她曾经知道顺姑因为看见谁的头上戴着红的剪绒花，自己也想一朵，弄不到，哭了，哭了小半夜，就挨了她父亲的一顿打，后来眼眶还红肿了两三天。这种剪绒花是外省的东西，S城里尚且买不出，她那里想得到手呢？趁我这一次回南的便，便叫我买两朵去送她。

“我对于这差使倒并不以为烦厌，反而很喜欢；为阿顺，我实在还有些愿意出力的意思的。前年，我回来接我母亲的时候，有一天，长富正在家，不知怎的我和他闲谈起来了。他便要请我吃点心，荞麦粉，并且告诉我所加的是白糖。你想，家里能有白糖的船户，可见决不是一个穷船户了，所以他也吃得很阔绰。我被劝不过，答应了，但要求只要用小碗。他也很识世故，便嘱咐阿顺说，‘他们文人，是不会吃东西的。你就用小碗，多加糖！’然而等到调好端来的时候，仍然使我吃一吓，是一大碗，足够我吃一天。但是和长富吃的一碗比起来，我的也确乎算小碗。我生平没有吃过荞麦粉，这回一尝，实在不可口，却是非常甜。我漫然的吃了几口，就想不吃了，然而无意中，忽然间看见阿顺远远的站在屋角里，就使我立刻消失了放下碗筷的勇气。我看她的神情，是害怕而且希望，大约怕自己调得不好，愿我们吃得有味，我知道如果剩下大半碗来，一定要使她很失望，而且很抱歉。我于是同时决心，放开喉咙灌下去了，几乎吃得和长富一样快。我由此才知道硬吃的苦痛，我只记得还做孩子时候的吃尽一碗拌着驱除蛔虫药粉的沙糖才有这样难。然而我毫不抱怨，因为她过来收拾空碗时候的忍着的得意的笑容，已尽够赔偿我的苦痛而有余了。所以我这一夜虽然饱胀得睡不稳，又做了一大串恶梦，也还是祝赞她一生幸福，愿世界为她变好。然而这些意思也不过是我的那些旧日的梦的痕迹，即刻就自笑，接着也就忘却了。

“我先前并不知道她曾经为了一朵剪绒花挨打，但因为母亲一说起，便也记得了荞麦粉的事，意外的勤快起来了。我先在太原城里搜求了一遍，都没有；一直到济南……”

窗外沙沙的一阵声响，许多积雪从被它压弯了的一枝山茶树上滑下去了，树枝笔挺的伸直，更显出乌油油的肥叶和血红的花来。天空的铅色来得更浓，小鸟雀啾唧的叫着，大概黄昏将近，地面又全罩了雪，寻不出什么食粮，都赶早回巢来休息了。

“一直到了济南，”他向窗外看了一回，转身喝干一杯酒，又吸几口烟，接着说。“我才买到剪绒花。我也不知道使她挨打的是不是这一种，总之是绒做的罢了。我也不知道她喜欢深色还是浅色，就买了一朵大红的，一朵粉红的，都带到这里来。

“就是今天午后，我一吃完饭，便去看长富，我为此特地耽搁了一天。他的家倒还在，只是看去很有些晦气色了，但这恐怕不过是我自己的感觉。他的儿子和第二个女儿——阿昭，都站在门口，大了。阿昭长得全不像她姊姊，简直像一个鬼，但是看见我走向她家，便飞奔的逃进屋里去。我就问那小子，知道长富不在家。‘你的大姊呢？’他立刻瞪起眼睛，连声问我寻她什么事，而且恶狠狠的似乎就要扑过来，咬我。我支吾着退走了，我现在是敷敷衍衍……

“你不知道，我可是比先前更怕去访人了。因为我已经深知道自己之讨厌，连自己也讨厌，又何必明知故犯的去使人暗暗地不快呢？然而这回的差使是不能不办妥的，所以想了一想，终于回到就在斜对门的柴店里。店主的母亲，老发奶奶，倒也还在，而且也还认识我，居然将我邀进店里坐去了。我们寒暄几句之后，我就说明了回到S城和寻长富的缘故。不料她叹息说：

“‘可惜顺姑没有福气戴这剪绒花了。’

“她于是详细的告诉我，说是‘大约从去年春天以来，她就见得黄瘦，后来忽而常常下泪了，问她缘故又不说；有时还整夜的哭，哭得长富也忍不住生气，骂她年纪大了，发了疯。可是一到秋初，起先不过小伤风，终于躺倒了，从此就起不来。直到咽气的前几天，才肯对长富说，她早就像她母亲一样，不时的吐红和流夜汗。但是瞒着，怕他因此要担心，有一夜，她的伯伯长庚又来硬借钱，——这是常有的事，——她不给，长庚就冷笑着说：你不要骄气，你的男人比我还不如！她从此就发了愁，又伯羞，不好问，只好哭。长富赶紧将她的男人怎样的挣气的话说给她听，那里还来得及？况且她也不信，反而说：好在我已经这样，什么也不要紧了。'

“她还说，'如果她的男人真比长庚不如，那就真可怕呵！比不上一个偷鸡贼，那是什么东西呢？然而他来送殓的时候，我是亲眼看见他的，衣服很干净，人也体面；还眼泪汪汪的说，自己撑了半世小船，苦熬苦省的积起钱来聘了一个女人，偏偏又死掉了。可见他实在是一个好人，长庚说的全是诳。只可惜顺姑竟会相信那样的贼骨头的诳话，白送了性命。——但这也不能去怪谁，只能怪顺姑自己没有这一份好福气。'

“那倒也罢，我的事情又完了。但是带在身边的两朵剪绒花怎么办呢？好，我就托她送了阿昭。这阿昭一见我就飞跑，大约将我当作一只狼或是什么，我实在不愿意去送她。——但是我也就送她了，母亲只要说阿顺见了喜欢的了不得就是。这些无聊的事算什么？只要模模胡胡。模模胡胡的过了新年，仍旧教我的'子曰诗云'去。”

“你教的是'子曰诗云'么？”我觉得奇异，便问。

“自然。你还以为教的是ABCD么？我先是两个学生，一个读《诗经》，一个读《孟子》。新近又添了一个，女的，读《女儿经》。连算学也不教，不是我不教，他们不要教。”

“我实在料不到你倒去教这类的书，……”

“他们的老子要他们读这些，我是别人，无乎不可的。这些无聊的事算什么？只要随随便便，……”

他满脸已经通红，似乎很有些醉，但眼光却又消沉下去了。我微微的叹息，一时没有话可说。楼梯上一阵乱响，拥上几个酒客来：当头的是矮子，拥肿的圆脸；第二个是长的，在脸上很惹眼的显出一个红鼻子；此后还有人，一叠连的走得小楼都发抖。我转眼去着吕纬甫，他也正转眼来看我，我就叫堂倌算酒账。

“你借此还可以支持生活么？”我一面准备走，一面问。

“是的。——我每月有二十元，也不大能够敷衍。”

“那么，你以后豫备怎么办呢？”

“以后？——我不知道。你看我们那时豫想的事可有一件如意？我现在什么也不知道，连明天怎样也不知道，连后一分……”

堂倌送上账来，交给我；他也不像初到时候的谦虚了，只向我看了一眼，便吸烟，听凭我付了账。

我们一同走出店门，他所住的旅馆和我的方向正相反，就在门口分别了。我独自向着自己的旅馆走，寒风和雪片扑在脸上，倒觉得很爽快。见天色已是黄昏，和屋宇和街道都织在密雪的纯白而不定的罗网里。

缀网劳蛛

——许地山

“我像蜘蛛，
命运就是我的网。”
我把网结好，
还住在中央。
呀，我的网甚时节受了损伤！
这一坏，教我怎地生长？
生的巨灵说：“补缀补缀罢。”
世间没有一个不破的网。
我再结网时，
要结在玳瑁梁栋
珠玑帘拢；
或结在断井颓垣
荒烟蔓草中呢？
生的巨灵按手在我头上说：
“自己选择去罢，
你所在的地方无不兴隆、亨通。”
虽然，我再结的网还是像从前那么脆弱，
敌不过外力冲撞；

我网的形式还要像从前那么整齐——
平行的丝连成八角、十二角的形状吗？
他把“生的万花筒”交给我，说：
“望里看罢，
你爱怎样，就结成怎样。”
呀，万花筒里等等的形状和颜色
仍与从前没有什么差别！
求你再把第二个给我，
我好谨慎地选择。
“咄咄！贪得而无智的小虫！
自而今回溯到蒙鸿，
从没有人说过里面有个形式与前相同。
去罢，生的结构都由这几十颗‘彩琉璃屑’幻成种种，
不必再看第二个生的万花筒。”

那晚上的月色格外明朗，只是不时来些微风把满园的花影移动得不歇地作响。素光从椰叶下来，正射在尚洁和她的客人史夫人身上。她们二人的容貌，在这时候自然不能认得十分清楚，但是二人对谈的声音却像幽谷的回响，没有一点模糊。

周围的东西都沉默着，像要让她们密谈一般，树上的鸟儿把喙插在翅膀底下；草里的虫儿也不敢做声；就是尚洁身边那只玉狸，也当主人所发的声音为催眠歌，只管齁齁地沉睡着。她用纤手抚着玉狸，目光注在她的客人身上，懒懒地说：“夺魁嫂子，外间的闲话是听不得的。这事我全不计较——我虽不信定命的说法，然而事情怎样来，我就怎样对付，毋庸在事前预先谋定什么方法。”

她的客人听了这场冷静的话，心里很是着急，说："你对于自己的前程太不注意了！若是一个人没有长久的顾虑，就免不了遇着危险，外人的话虽不足信，可是你得把你的态度显示得明了一点，教人不疑惑你才是。"

尚洁索性把玉狸抱在怀里，低着头，只管摩弄。一会儿，她才冷笑了一声，说："吓吓，夺魁嫂子，你的话差了，危险不是顾虑所能闪避的。后一小时的事情，我们也不敢说准知道，哪哪能顾到三四个月、三两年那么长久呢？你能保我待一会不遇着危险，能保我今夜里睡得平安么？纵使我准知道今晚上会遇着危险，现在的谋虑也未必来得及。我们都在云雾里走，离身二三尺以外，谁还能知道前途的光景呢？经里说：'不要为明日自夸，因为一日要生何事，你尚且不能知道。'这句话，你忘了么？……唉，我们都是从渺茫中来，在渺茫中住，望渺茫中去。若是怕在这条云封雾锁的生命路程里走动，莫如止住你的脚步；若是你有漫游的兴趣，纵然前途和四围的光景暧昧，不能使你赏心快意，你也是要走的。横竖是往前走，顾虑什么？

"我们从前的事，也许你和一般侨寓此地的人都不十分知道。我不愿意破坏自己的名誉，也不忍教他出丑。你既是要我把态度显示出来，我就得略把前事说一点给你听，可是要求你暂时守这个秘密。

"论理，我也不是他的……"

史夫人没等她说完，早把身子挺起来，作很惊讶的样子，回头用焦急的声音说："什么？这又奇怪了！"

"这倒不是怪事，且听我说下去。你听这一点，就知道我的全意思了。我本是人家的童养媳，一向就不曾和人行过婚礼——那就是说，夫妇的名分，在我身上用不着。当时，我并不是爱他，不过要仗着他的帮助，救我脱出残暴的婆家。走到这个地方，依着时势的境遇，使我不能不认他为夫……”

“原来你们的家有这样特别的历史。……那么，你对于长孙先生可以说没有精神的关系，不过是不自然的结合罢了。”

尚洁庄重地回答说：“你的意思是说我们没有爱情么？诚然，我从不曾在别人身上用过一点男女的爱情，别人给我的，我也不曾辨别过那是真的，这是假的。夫妇，不过是名义上的事，爱与不爱，只能稍微影响一点精神的生活，和家庭的组织是毫无关系的。”

“他怎样想法子要奉承我，凡认识我的人都觉得出来。然而我却没有领他的情，因为他从没有把自己的行为检点一下。他的嗜好多，脾气坏，是你所知道的。我一到会堂去，每听到人家说我是长孙可望的妻子，就非常的惭愧。我常想着从不自爱的人所给的爱情都是假的。”

“我虽然不爱他，然而家里的事，我认为应当替他做的，我也乐意去做。因为家庭是公的，爱情是私的。我们两人的关系，实在就是这样。外人说我和谭先生的事，全是不对的。我的家庭已经成为这样，我又怎能把它破坏呢？”

史夫人说：“我现在才看出你们的真相，我也回去告诉史先生，教他不要多信闲话。我知道你是好人，是一个纯良的女子，神必保佑你。”说着，用手轻轻地拍一拍尚洁的肩膀，就站立起来告辞。

尚洁陪她在花荫底下走着，一面说：“我很愿意你把这事的原委单说给史先生知道。至于外间传说我和谭先生有秘密的关系，说我是淫妇，我都不介意。连他也好几天不回来啦。我估量他是为这事生气，可是我并不辩白。世上没有一个人能够把真心拿出来给人家看；纵然能够拿出来，人家也看不明白，那么，我又何必多费唇舌呢？人对于一件事情一存了成见，就不容易把真相观察出来。凡是人都有成见，同一件事，必会生出歧异的评判，这也是难怪的。我不管人家怎样批评我，也不管他怎样疑惑我，我只求自己无愧，对得住天上的星辰和地下的蝼蚁便了。你放心罢，等到事情临到我身上，我自有方法对付。我的意思就是这样，若是有工夫，改天再谈罢。”

她送客人出门，就把玉狸抱到自己房里。那时已经不早，月光从窗户进来，歇在椅桌、枕席之上，把房里的东西染得和铅制的一般。她伸手向床边按了一按铃子，须臾，女佣妥娘就上来。她问：“佩荷姑娘睡了么？”妥娘在门边回答说：“早就睡了。消夜已预备好了，端上来不？”她说着，顺手把电灯拧着，一时满屋里都着上颜色了。

在灯光之下，才看见尚洁斜倚在床上。流动的眼睛，软润的颔颊，玉葱似的鼻，柳叶似的眉，桃绽似的唇，衬着蓬乱的头发……凡形体上各样的美都凑合在她头上。她的身体，修短也很合度。从她口里发出来的声音，都合音节，就是不懂音乐的人，一听了她的话语，也能得着许多默感。她见妥娘把灯拧亮了，就说：“把它拧灭了吧。光太强了，更不舒服。方才我也忘了留史夫人在这里消夜。我不觉得十分饥饿，不必端上来，你们可以自己方便去。把东西收拾清楚，随着给我点一支洋烛上来。”

妥娘遵从她的命令，立刻把灯灭了，接着说：“相公今晚上也许又不回来，可以把大门扣上吗？”

“是，我想他永远不回来了。你们吃完，就把门关好，各自歇息去罢，夜很深了。”

尚洁独坐在那间充满月亮的房里，桌上一枝洋烛已燃过三分之二，轻风频拂火焰，眼看那枝发光的小东西要泪尽了。她于是起来，把烛火移到屋角一个窗户前头的小几上。那里有一个软垫，几上搁几本经典和祈祷文。她每夜睡前的功课就是跪在那垫上默记三两节经句，或是诵几句祷词。别的事情，也许她会忘记，惟独这圣事是她所不敢忽略的。她跪在那里冥想了许多，睁眼一看，火光已不知道在什么时候从烛台上逃走了。

她立起来，把卧具整理妥当，就躺下睡觉，可是她怎能睡着呢？呀，月亮也循着宾客的礼，不敢相扰，慢慢地辞了她，走到园里和它的花草朋友、木石知交周旋去了！

月亮虽然辞去，她还不转眼地望着窗外的天空，像要诉她心中的秘密一般。她正在床上辗来转去，忽听园里“嚯嚯”一声，响得很厉害，她起来，走到窗边，往外一望，但见一重一重的树影和夜雾把园里盖得非常严密，教她看不见什么。于是她蹑步下楼，唤醒妥娘，命她到园里去察看那怪声的出处。妥娘自己一个人哪里敢出去，她走到门房把团哥叫醒，央他一同到围墙边察一察。团哥也就起来了。

妥娘去不多会，便进来回话。她笑着说：“你猜是什么呢？原来是一个蹇运的窃贼摔倒在我们的墙根。他的腿已摔坏了，脑袋也撞伤了，流得满地都是血，动也动不得了。团哥拿着一枝荆条正在抽他哪。”

尚洁听了，一霎时前所有的恐怖情绪一时尽变为慈祥的心意。她等不得回答妥娘，便跑到墙根。团哥还在那里，“你这该死的东西……不知厉害的坏种！……”一句一鞭，打骂得很高兴。尚洁一到，就止住他，还命他和妥娘把受伤的贼扛到屋里来。她吩咐让他躺在贵妃榻上。仆人们都显出不愿意的样子，因为他们想着一个贼人不应该受这么好的待遇。

尚洁看出他们的意思，便说："一个人走到做贼的地步是最可怜悯的。若是你们不得着好机会，也许……"她说到这里，觉得有点失言，教她的佣人听了不舒服，就改过一句说话："若是你们明白他的境遇，也许会体贴他。我见了一个受伤的人，无论如何，总得救护的。你们常常听见'救苦救难'的话，遇着忧患的时候，有时也会脱口地说出来，为何不从'他是苦难人'那方面体贴他呢？你们不要怕他的血沾脏了那垫子，尽管扶他躺下罢。"团哥只得扶他躺下，口里沉吟地说："我们还得为他请医生去吗？"

"且慢，你把灯移近一点，待我来看一看。救伤的事，我还在行。妥娘，你上楼去把我们那个常备药箱，捧下来。"又对团哥说："你去倒一盆清水来罢。"

仆人都遵命各自干事去了。那贼虽闭着眼，方才尚洁所说的话，却能听得分明。他心里的感激可使他自忘是个罪人，反觉他是世界里一个最能得人爱惜的青年。这样的待遇，也许就是他生平第一次得着的。他呻吟了一下，用低沉的声音说："慈悲的太太，菩萨保佑慈悲的大太！"

那人的太阳边受了一伤很重，腿部倒不十分厉害。她用药棉蘸水轻轻地把伤处周围的血迹涤净，再用绷带裹好。等到事情做得清楚，天早已亮了。

她正转身要上楼去换衣服，蓦听得外面敲门的声很急，就止步问说："谁这么早就来敲门呢？"

"是警察罢。"

妥娘提起这四个字，叫她很着急。她说："谁去告诉警察呢？"那贼躺在贵妃榻上，一听见警察要来，恨不能立刻起来跪在地上求恩。但这样的行动已从他那双劳倦的眼睛表白出来了。尚洁跑到他跟前，安慰他说："我没有叫人去报警察……"正说到这里，那从门外来的脚步已经踏进来。

来的并不是警察，却是这家的主人长孙可望。他见尚洁穿着一件睡衣站在那里和一个躺着的男子说话，心里的无明业火已从身上八万四千个毛孔里发射出来。他第一句就问："那人是谁？"

这个问实在叫尚洁不容易回答，因为她从不曾问过那受伤者的名字，也不便说他是贼。

"他……他是受伤的人……"

可望不等说完，便拉住她的手，说："你办的事，我早已知道。我这几天不回来，正要侦察你的动静，今天可给我撞见了。我何尝辜负你呢？……一同上去罢，我们可以慢慢地谈。"不由分说，拉着她就往上跑。

妥娘在旁边，看得情急，就大声嚷着："他是贼！"

"我是贼，我是贼！"那可怜的人也嚷了两声。可望只对着他冷笑，说："我明知道你是贼。不必报名，你且歇一歇罢。"

一到卧房里，可望就说："我且问你，我有什么对你不起的地方？你要入学堂，我便立刻送你去；要到礼拜堂听道，我便特地为你预备车马。现在你有学问了，也入教了，我且问你，学堂教你这样做，教堂教你这样做么？"

他的话意是要诘问她为什么变心，因为他许久就听见人说尚洁嫌他鄙陋不文，要离弃他去嫁给一个姓谭的。夜间的事，他一概不知，他进门一看尚洁的神色，老以为她所做的是一段爱情把戏。在尚洁方面，以为他是不喜欢她这样待遇窃贼。她的慈悲性情是上天所赋的，她也觉得这样办，于自己的信仰和所受的教育没有冲突，就回答说："是的，学堂教我这样做，教会也教我这样做。你敢是……”

“是吗？”可望喝了一声，猛将怀中小刀取出来向尚洁的肩膀上一击。这不幸的妇人立时倒在地上，那玉白的面庞已像渍在胭脂膏里一样。

她不说什么，但用一种沉静的和无抵抗的态度，就足以感动那愚顽的凶手。可望见此情景，心中恐怖的情绪已把凶猛的怒气克服了。他不再有什么动作，只站在一边出神。他看尚洁动也不动一下，估量她是死了。那时，他觉得自己的罪恶压住他，不许再逗留在那里，便溜烟似地往外跑。

妥娘见他跑了，知道楼上必有事故，就赶紧上来，她看尚洁那样子，不由得“啊，天公！”喊了一声，一面上去，要把她搀扶起来。尚洁这时，眼睛略略睁开，像要对她说什么，只是说不出。她指着肩膀示意，妥娘才看见一把小刀插在她肩上。妥娘的手便即酥软，周身发抖，待要扶她，也没有气力了。她含泪对着主妇说：“容我去请医生罢。”

“史……史……”妥娘知道她是要请史夫人来，便回答说：“好，我也去请史夫人来。”她教团哥看门，自己雇一辆车找救星去了。

医生把尚洁扶到床上，慢慢施行手术，赶到史夫人来时，所有的事情都弄清楚啦。医生对史夫人说：“长孙夫人的伤不甚要紧，保养一两个星期便可复元。幸而那刀从肩胛骨外面脱出来，没有伤到肺叶——那两个创口是不要紧的。”

医生辞去以后，史夫人便坐在床沿用法子安慰她。这时，尚洁的精神稍微恢复，就对她的知交说：“我不能多说话，只求你把底下那个受伤的人先送到公医院去，其余的，待我好了再给你说。……唉，我的嫂子，我现在不能离开你，你这几天得和我同在一块儿住。”

史夫人一进门就不明白底下为什么躺着一个受伤的男子。妥娘去时，也没有对她详细地说。她看见尚洁这个样子，又不便往下问。但尚洁的颖悟性从不会被刀所伤，她早明白史夫人猜不透这个闷葫芦，就说："我现在没有气力给你细说，你可以向妥娘打听去。就要速速去办，若是他回来，便要害了他的性命。"

史夫人照她所吩咐的去做，回来，就陪着她在房里，没有回家。那四岁的女孩佩荷更不知道这是怎么一回事，还是啼啼笑笑，过她的平安日子。

一个星期，两个星期，在她病中默默地过去。她也渐次复元了。她想许久没有到园里去，就央求史夫人扶着她慢慢走出来。她们穿过那晚上谈话的柳荫，来到园边一个小亭下，就歇在那里。她们坐的地方满开了玫瑰，那清静温香的景色委实可以消灭一切忧闷和病害。

"我已忘了我们这里有这么些好花，待一会，可以折几枝带回屋里。"

"你且歇歇，我为你选择几枝罢。"史夫人说时，便起来折花。尚洁见她脚下有一朵很大的花，就指着说："你看，你脚下有一朵很大、很好看的，为什么不把它摘下？"

史夫人低头一看，用手把花提起来，便叹了一口气。

"怎么啦？"

史夫人说："这花不好。"因为那花只剩地上那一半，还有一边是被虫伤了。她怕说出伤字，要伤尚洁的心，所以这样回答。但尚洁看的明明是一朵好花，直叫递过来给她看。

"夺魁嫂，你说它不好么？我在此中找出道理咧！这花虽然被虫伤了一半，还开得这么好看，可见人的命运也是如此——若不把他的生命完全夺去，虽然不完全，也可以得着生活上一部分的美满，你以为如何呢？”

史夫人知道她联想到自己的事情上头，只回答说：“那是当然的，命运的偃蹇和亨通，于我们的生活没有多大关系。”

谈话之间，妥娘领着史夺魁先生进来。他向尚洁和他的妻子问过好，便坐在她们对面一张凳上。史夫人不管她丈夫要说什么，头一句就问：“事情怎样解决呢？”

史先生说：“我正是为这事情来给长孙夫人一个信。昨天在会堂里有一个很激烈的纷争，因为有些人说可望的举动是长孙夫人迫他做成的，应当剥夺她赴圣筵的权利。我和我奉真牧师在席间极力申辩，终归无效。”他望着尚洁说：“圣筵赴与不赴也不要紧。因为我们的信仰决不能为仪式所束缚，我们的行为，只求对得起良心就算了。”

“因为我没有把那可怜的人交给警察，便责罚我么？”

史先生摇头说：“不，不，现在的问题不在那事上头。前天可望寄一封长信到会里，说到你怎样对他不住，怎样想弃绝他去嫁给别人。他对于你和某人、某人往来的地点、时间都说出来。且说，他不愿意再见你的面，若不与你离婚，他永不回家。信他所说的人很多，我们怎样申辩也挽不过来。我们虽然知道事实不是如此，可是不能找出什么凭据来证明，我现在正要告诉你，若是要到法庭去的话，我可以帮你的忙。这里不像我们祖国，公庭上没有女人说话的地位。况且他的买卖起先都是你拿资本出来，要离异时，照法律，最少总得把财产分一半给你。……像这样的男子，不要他也罢了。”

尚洁说：“那事实现在不必分辩，我早已对嫂子说明了。会里因为信条的缘故，说我的行为不合道理，便禁止我赴圣筵——这是他们所信的，我有什么可说的呢！”她说到末一句，声音便低下了。她的颜色很像为同会的人误解她和误解道理惋惜。

“唉，同一样道理，为何信仰的人会不一样？”

她听了史先生这话，便兴奋起来，说：“这何必问？你不常听见人说：‘水是一样，牛喝了便成乳汁，蛇喝了便成毒液’吗？我管保我所得能化为乳汁，哪能干涉人家所得的变成毒液呢？若是到法庭去的话，倒也不必。我本没有正式和他行过婚礼，自毋须乎在法庭上公布离婚。若说他不愿意再见我的面，我尽可以搬出去。财产是生活的赘瘤，不要也罢，和他争什么？……他赐给我的恩惠已是不少，留着给他……”

“可是你一把财产全部让给他，你立刻就不能生活。还有佩荷呢？”

尚洁沉吟半晌便说：“不妨，我私下也曾积聚些少，只不能支持到一年罢了。但不论如何，我总得自己挣扎。至于佩荷……”她又沉思了一会，才续下去说：“好罢，看他的意思怎样，若是他愿意把那孩子留住，我也不和他争。我自己一个人离开这里就是。”

他们夫妇二人深知道尚洁的性情，知道她很有主意，用不着别人指导。并且她在无论什么事情上头都用一种宗教的精神去安排。她的态度常显出十分冷静和沉毅，做出来的事，有时超乎常人意料之外。

史先生深信她能够解决自己将来的生活，一听了她的话，便不再说什么，只略略把眉头皱了一下而已。史夫人在这两三个星期间，也很为她费了些筹划。他们有一所别业在土华地方，早就想教尚洁到那里去养病，到现在她才开口说：“尚洁妹子，我知道你一定有更好的主意，不过你的身体还不甚复元，不能立刻出去做什么事情，何不到我们的别庄里静养一下，过几个月再行打算？”史先生接着对他妻子说：“这也好。只怕路途远一点，由海船去，最快也得两天才可以到。但我们都是惯于出门的人，海涛的颠簸当然不能制服我们，若是要去的话，你可以陪着去，省得寂寞了长孙夫人。”

尚洁也想找一个静养的地方，不意他们夫妇那么仗义，所以不待踌躇便应许了。她不愿意为自己的缘故教别人麻烦，因此不让史夫人跟着前去。她说：“寂寞的生活是我尝惯的。史嫂子在家里也有许多当办的事情，哪里能够和我同行？还是我自己去好一点。我很感谢你们二位的高谊，要怎样表示我的谢忱，我却不懂得；就是懂，也不能表示得万分之一。我只说一声‘感激莫名’便了。史先生，烦你再去问他要怎样处置佩荷，等这事弄清楚，我便要动身。”她说着，就从方才摘下的玫瑰中间选出一朵好看的递给史先生，教他插在胸前的钮门上。不久，史先生也就起立告辞，替她办交涉去了。

土华在马来半岛的西岸，地方虽然不大，风景倒还幽致。那海里出的珠宝不少，所以住在那里的多半是搜宝之客。尚洁住的地方就在海边一丛棕林里。在她的门外，不时看见采珠的船往来于金的塔尖和银的浪头之间。这采珠的工夫赐给她许多教训。因为她这几个月来常想着人生就同入海采珠一样，整天冒险入海里去，要得着多少，得着什么，采珠者一点把握也没有。但是这个感想决不会妨害她的生命。她见那些人每天迷蒙蒙地搜求，不久就理会她在世间的历程也和采珠的工作一样。要得着多少，得着什么，虽然不在她的权能之下，可是她每天总得入海一遭，因为她的本分就是如此。

她对于前途不但没有一点灰心，且要更加奋勉。可望虽是剥夺她们母女的关系，不许佩荷跟着她，然而她仍不忍弃掉她的责任，每月要托人暗地里把吃的用的送到故家去给她女儿。

她现在已变主妇的地位为一个珠商的记室了。住在那里的人，都说她是人家的弃妇，就看轻她，所以她所交游的都是珠船里的工人。那班没有思想的男子在休息的时候，便因着她的姿色争来找她开心。但她的威仪常是调伏这班人的邪念，教他们转过心来承认她是他们的师保。

她一连三年，除干她的正事以外，就是教她那班朋友说几句英吉利语，念些少经文，知道些少常识。在她的团体里，使令、供养、无不如意。若说过快活日子，能像她这样也就不劣了。

虽然如此，她还是有缺陷的。社会地位，没有她的分；家庭生活，也没有她的分；我们想想，她心里到底有什么感觉？前一项，于她是不甚重要的；后一项，可就缭乱她的衷肠了！史夫人虽常寄信给她，然而她不见信则已，一见了信，那种说不出来的伤感就加增千百倍。

她一想起她的家庭，每要在树林里徘徊，树上的蛁蟧常要幻成她女儿的声音对她说："母思儿耶？母思儿耶？"这本不是奇迹，因为发声者无情，听音者有意；她不但对于那些小虫的声音是这样，即如一切的声音和颜色，偶一触着她的感官，便幻成她的家庭了。

她坐在林下，遥望着无涯的波浪，一度一度地掀到岸边，常觉得她的女儿踏着浪花踊跃而来，这也不止一次了。那天，她又坐在那里，手拿着一张佩荷的小照，那是史夫人最近给她寄来的。她翻来翻去地看，看得眼昏了。她猛一抬头，又得着常时所现的异象。她看见一个人携着她的女儿从海边上来，穿过林樾，一直走到跟前。那人说："长孙夫人，许久不见，贵体康健啊！我领你的女儿来找你哪。"

尚洁此时，展一展眼睛，才理会果然是史先生携着佩荷找她来。她不等回答史先生的话，便上前用力搂住佩荷，她的哭声从她爱心的深密处殷雷似地震发出来。佩荷因为不认得她，害怕起来，也放声哭了一场。史先生不知道感触了什么，也在旁边只尽管擦眼泪。

这三种不同情绪的哭泣止了以后，尚洁就呜咽地问史先生说："我实在喜欢。想不到你会来探望我，更想不到佩荷也能来！……"她要问的话很多，一时摸不着头绪。只搂定佩荷，眼看着史先生出神。

史先生很庄重地说："夫人，我给你报好消息来了。"

"好消息！"

"你且镇定一下，等我细细地告诉你。我们一得着这消息，我的妻子就教我和佩荷一同来找你。这奇事，我们以前都不知道，到前十几天才听见我奉真牧师说的。我牧师自那年为你的事卸职后，他的生活，你已经知道了。"

"是，我知道。他不是白天做裁缝匠，晚间还做制饼师吗？我信得过，神必要帮助他，因为神的儿子说：'为义受逼迫的人是有福的。'他的事业还顺利吗？"

"倒没有什么过不去的地方。他不但日夜劳动，在合宜的时候，还到处去传福音哪。他现在不用这样地吃苦，因为他的老教会看他的行为，请他回国仍旧当牧师去，在前一个星期已经动身了。"

"是吗！谢谢神！他必不能长久地受苦。"

"就是因为我牧师回国的事，我才能到这里来。你知道长孙先生也受了他的感化么？这事详细地说起来，倒是一种神迹。我现在来，也是为告诉你这件事。"

"前几天，长孙先生忽然到我家里找我。他一向就和我们很生疏，好几年也不过访一次，所以这次的来，教我们很诧异。他第一句就问你的近况如何，且诉说他的懊悔。他说这反悔是忽然的，是我牧师警醒他的。现在我就将他的话，照样他说一遍给你听——

“‘在这两三年间，我牧师常来找我谈话，有时也请我到他的面包房里去听他讲道。我和他来往那么些次，就觉得他是我的好师傅。我每有难决的事情或疑虑的问题，都去请教他。我自前年生事，二人分离以后，每疑惑尚洁官的操守，又常听见家里佣人思念她的话，心里就十分懊悔。但我总想着，男人说话将军箭，事已做出，哪里还有脸皮收回来？本是打算给它一个错到底的。然而日子越久，我就越觉得不对。到我牧师要走，最末次命我去领教训的时候，讲了一个章经，教我很受感动。散会后，他对我说，他盼望我做的是请尚洁官回来。他又念《马可福音》十章给我听，我自得着那教训以后，越觉得我很卑鄙、凶残、淫秽，很对不住她。现在要求你先把佩荷带去见她，盼望她为女儿的缘故赦免我。你们可以先走，我随后也要亲自前往。’

“他说懊悔的话很多，我也不能细说了。等他来时，容他自己对你细说罢。我很奇怪我牧师对于这事，以前一点也没有对我说过，到要走时，才略提一提；反教他来到我那里去，这不是神迹吗？”

尚洁听了这一席话，却没有显出特别愉悦的神色，只说：“我的行为本不求人知道，也不是为要得人家的怜恤和赞美；人家怎样待我，我就怎样受，从来是不计较的。别人伤害我，我还饶恕，何况是他呢？他知道自己的鲁莽，是一件极可喜的事。——你愿意到我屋里去看一看吗？我们一同走走罢。”

他们一面走，一面谈。史先生问起她在这里的事业如何，她不愿意把所经历的种种苦处尽说出来，只说：“我来这里，几年的工夫也不算浪费，因为我已找着了许多失掉的珠子了！那些灵性的珠子，自然不如入海去探求那么容易，然而我竟能得着二三十颗。此外，没有什么可以告诉你。”

尚洁把她事情结束停当，等可望不来，打算要和史先生一同回去。正要到珠船里和她的朋友们告辞，在路上就遇见可望跟着一个本地人从对面来。她认得是可望，就堆着笑容，抢前几步去迎他，说：“可望君，平安哪！”可望一见她，也就深深地行了一个敬礼，说：“可敬的妇人，我所做的一切事都是伤害我的身体，和你我二人的感情，此后我再不敢了。我知道我多多地得罪你，实在不配再见你的面，盼望你不要把我的过失记在心中。今天来到这里，为的是要表明我悔改底行为，还要请你回去管理一切所有的。你现在要到哪里去呢？我想你可以和史先生先行动身，我随后回来。”

尚洁见他那番诚恳的态度，比起从前，简直是两个人，心里自然满是愉快，且暗自谢她的神在他身上所显的奇迹。她说：“呀！往事如梦中之烟，早已在虚幻里消散了，何必重新提起呢？凡人都不可积聚日间的怨恨、怒气和一切伤心的事到夜里，何况是隔了好几年的事？请你把那些事情搁在脑后罢。我本想到船里去，向我那班同工的人辞行。你怎样不和我们一起回去，还有别的事情要办么？史先生现时在他的别业——就是我住的地方——我们一同到那里去罢，待一会，再出来辞行。”

“不必，不必。你可以去你的，我自己去找他就可以。因为我还有些正当的事情要办。恐怕不能和你们一同回去，什么事，以后我才叫你知道。”

“那么，你教这土人领你去罢，从这里走不远就是。我先到船里，回头再和你细谈。再见哪！”

她从土华回来，先住在史先生家里，意思是要等可望来到，一同搬回她的旧房子去。谁知等了好几天，也不见他的影。她才知道可望在土华所说的话意有所含蓄。可是他到哪里去呢？去干什么呢？她正想着，史先生拿了一封信进来对她说：“夫人，你不必等可望了，明后天就搬回去罢。他寄给我这一封信说，他有许多对不起你的地方，都是出于激烈的爱情所致，因他爱你的缘故，所以伤了你。现在他要把从前邪恶的行为和暴躁的脾气改过来，且要偿还你这几年来所受的苦楚，故不得不暂时离开你。他已经到槟榔屿了。他不直接写信给你的缘故，是怕你伤心，故此写给我，教我好安慰你；他还说从前一切的产业都是你的，他不应独自霸占了许多，要求你尽量地享用，直等到他回来。”

“这样看来，不如你先搬回去，我这里派人去找他回来如何？唉，想不到他一会儿就能悔改到这步田地！”

她遇事本来很沉静，史先生说时，她的颜色从不曾显出什么变态，只说：“为爱情么？为爱而离开我么？这是当然的，爱情本如极利的斧子，用来剥削命运常比用来整理命运的时候多一些。他既然规定他自己的行程，又何必费工夫去寻找他呢？我是没有成见的，事情怎样来，我怎样对付就是。”

尚洁搬回来那天，可巧下了一点雨，好像上天使园里的花木特地沐浴得很妍净来迎接它们的旧主人一样。她进门时，妥娘正在整理厅堂，一见她来，便嚷着：“奶奶，你回来了！我们很想念你哪！你的房间乱得很，等我把各样东西安排好再上去。先到花园去看看罢，你手植各样的花木都长大了。后面那棵释迦头长得像罗伞一样，结果也不少，去看看罢。史夫人早和佩荷姑娘来了，他们现时也在园里。”

她和妥娘说了几句话，便到园里。一拐弯，就看见史夫人和佩荷坐在树荫底下一张凳上——那就是几年前，她要被刺那夜，和史夫人坐着谈话的地方。她走来，又和史夫人并肩坐在那里。史夫人说来说去，无非是安慰她的话。她像不信自己这样的命运不甚好，也不信史夫人用定命论的解释来安慰她，就可以使她满足。然而她一时不能说出合宜的话，教史夫人明白她心中毫无忧郁在内。她无意中一抬头，看见佩荷拿着树枝把结在玫瑰花上一个蜘蛛网撩破了一大部分。她注神许久，就想出一个意思来。

她说："呀，我给这个比喻，你就明白我的意思。"

"我像蜘蛛，命运就是我的网。蜘蛛把一切有毒无毒的昆虫吃入肚里，回头把网组织起来。它第一次放出来的游丝，不晓得要被风吹到多么远，可是等到粘着别的东西的时候，它的网便成了。"

"它不晓得那网什么时候会破，和怎样破法。一旦破了，它还暂时安安然然地藏起来，等有机会再结一个好的。"

"它的破网留在树梢上，还不失为一个网。太阳从上头照下来，把各条细丝映成七色；有时粘上些少水珠，更显得灿烂可爱。"

"人和他的命运，又何尝不是这样？所有的网都是自己组织得来，或完或缺，只能听其自然罢了。"

史夫人还要说时，妥娘来说屋子已收拾好了，请她们进去看看。于是，她们一面谈，一面离开那里。

园里没人，寂静了许久。方才那只蜘蛛悄悄地从叶底出来，向着网的破裂处，一步一步，慢慢补缀。它补这个干什么？因为它是蜘蛛，不得不如此！

春 蚕

——茅盾

一

老通宝坐在“塘路”边的一块石头上，长旱烟管斜摆在他身边。“清明”节后的太阳已经很有力量，老通宝背脊上热烘烘地，像背着一盆火。“塘路”上拉纤的快班船上的绍兴人只穿了一件蓝布单衫，敞开了大襟，弯着身子拉，额角上黄豆大的汗粒落到地下。

看着人家那样辛苦的劳动，老通宝觉得身上更加热了，热的有点儿发痒。他还穿着那件过冬的破棉袄，他的夹袄还在当铺里，却不防才得“清明”边，天就那么热。

“真是天也变了！”

老通宝心里说，就吐一口浓厚的唾沫。在他面前那条“官河”内，水是绿油油的，来往的船也不多，镜子一样的水面这里那里起了几道皱纹或是小小的涡旋，那时候，倒影在水里的泥岸和岸边成排的桑树，都晃乱成灰暗的一片。可是不会很长久的。渐渐儿那些树影又在水面上显现，一弯一曲地蠕动，像是醉汉，再过一会儿，终于站定了，依然是很清晰的倒影。那拳头模样的桠枝顶都已经簇生着小手指儿那么大的嫩绿叶。这密密层层的桑树，沿着那“官河”一直望去，好像没有尽头。田里现在还只有干裂的泥块，这一带，现在是桑树的势力！在老通宝背后，也是大片的桑林，矮矮的，静穆的，在热烘烘的太阳光下，似乎那“桑拳”上的嫩绿叶过一秒钟就会大一些。

离老通宝坐处不远，一所灰白色的楼房蹲在“塘路”边，那是茧厂。十多天前驻扎过军队，现在那边田里留着几条短短的战壕。那时都说东洋兵要打进来，镇上有钱人都逃光了；现在兵队又开走了，那座茧厂依旧空关在那里，等候春茧上市的时候再热闹一番。老通宝也听得镇上小陈老爷的儿子——陈大少爷说过，今年上海不太平，丝厂都关门，恐怕这里的茧厂也不能开；但老通宝是不肯相信的。他活了六十岁，反乱年头也经过好几个，从没见过绿油油的桑叶白养在树上等到成了“枯叶”去喂羊吃；除非是“蚕花”不熟，但那是老天爷的“权柄”，谁又能够未卜先知？

“才得清明边，天就那么热！”

老通宝看着那些桑拳上怒茁的小绿叶儿，心里又这么想，同时有几分惊异，有几分快活。他记得自己还是二十多岁少壮的时候，有一年也是“清明”边就得穿夹，后来就是“蚕花二十四分”，自己也就在这一年成了家。那时，他家正在“发”；他的父亲像一头老牛似的，什么都懂得，什么都做得；便是他那创家立业的祖父，虽说在长毛窝里吃过苦头，却也愈老愈硬朗。那时候，老陈老爷去世不久，小陈老爷还没抽上鸦片烟，“陈老爷家”也不是现在那么不像样的。老通宝相信自己一家和“陈老爷家”虽则一边是高门大户，而一边不过是种田人，然而两家的命运好像是一条线儿牵着。不但“长毛造反”那时候，老通宝的祖父和陈老爷同被长毛掳去，同在长毛窝里混上了六七年，不但他们俩同时从长毛营盘里逃了出来，而且偷得了长毛的许多金元宝——人家到现在还是这么说；并且老陈老爷做丝生意“发”起来的时候，老通宝家养蚕也是年年都好，十年中间挣得了二十亩的稻田和十多亩的桑地，还有三开间两进的一座平屋。这时候，老通宝家在东村庄上被人人所妒羡，也正像“陈老爷家”在镇上是数一数二的大户人家。可是以后，两家都不行了；老通宝现在已经没有自己的田地，反欠出三百多块钱的债，“陈老爷家”也早已完结。人家都说“长毛鬼”在阴间告了一状，阎罗王追还“陈老爷家”的金元宝横财，所以败的这么快。这个，老通宝也有几分相信：不是鬼使神差，好端端的小陈老爷怎么会抽上了鸦片烟?

可是老通宝死也想不明白为什么“陈老爷家”的“败”会牵动到他家。他确实知道自己家并没得过长毛的横财。虽则听死了的老头子说，好像那老祖父逃出长毛营盘的时候，不巧撞着了一个巡路的小长毛，当时没法，只好杀了他，——这是一个“结”！然而从老通宝懂事以来，他们家替这小长毛鬼拜忏念佛烧纸锭，记不清有多少次了。这个小冤魂，理应早投凡胎。老通宝虽然不很记得祖父是怎样“做人”，但父亲的勤俭忠厚，他是亲眼看见的；他自己也是规矩人，他的儿子阿四，儿媳四大娘，都是勤俭的。就是小儿子阿多年纪轻，有几分“不知苦辣”，可是毛头小伙子，大都这么着，算不得“败家相”！

老通宝抬起他那焦黄的皱脸，苦恼地望着他面前的那条河，河里的船，以及两岸的桑地。一切都和他二十多岁时差不了多少，然而“世界”到底变了。他自己家也要常常把南瓜当饭吃一天，而且又欠出了三百多块钱的债。

呜！呜，呜，呜，——

汽笛叫声突然从那边远远的河身的弯曲地方传了来。就在那边，蹲着又一个茧厂，远望去隐约可见那整齐的石“帮岸”。一条柴油引擎的小轮船很威严地从那茧厂后驶出来，拖着三条大船，迎面向老通宝来了。满河平静的水立刻激起泼剌剌的波浪，一齐向两旁的泥岸卷过来。一条乡下“赤膊船”赶快拢岸，船上人揪住了泥岸的树根，船和人都好像在那里打秋千。“轧轧轧”的轮机声和洋油臭，飞散在这和平的绿的田野。老通宝满脸恨意，看着这小轮船来，看着它过去，直到又转一个弯，“呜呜呜”地又叫了几声，就看不见。老通宝向来仇恨小轮船这一类洋鬼子的东西！他从没见过洋鬼子，可是他从他的父亲嘴里知道老陈老爷见过洋鬼子：红眉毛，绿眼睛，走路时两条腿是直的。并且老陈老爷也是很恨洋鬼子，常常说“铜钿都被洋鬼子骗去了”。老通宝看见老陈老爷的时候，不过八九岁，——现在他所记得的关于老陈老爷的一切都是听来的，可是他想起了“铜钿都被洋鬼子骗去了”这句话，就仿佛看见了老陈老爷捋着胡子摇头的神气。

洋鬼子怎样就骗了钱去，老通宝不很明白。但他很相信老陈老爷的话一定不错。并且他自己也明明看到自从镇上有了洋纱、洋布、洋油，——这一类洋货，而且河里更有了小火轮船以后，他自己田里生出来的东西就一天一天不值钱，而镇上的东西却一天一天贵起来。他父亲留下来的一份家产就这么变小，变做没有，而且现在负了债。老通宝恨洋鬼子不是没有理由的！他这坚定的主张，在村坊上很有名。五年前，有人告诉他：朝代又改了，新朝代是要“打倒”洋鬼子的。老通宝不相信。为的他上镇去看见那新到的喊着“打倒洋鬼子”的年轻人们都穿了洋鬼子衣服。他想来这伙年轻人一定私通洋鬼子，却故意来骗乡下人。后来果然就不喊“打倒洋鬼子”了，而且镇上的东西更加一天一天贵起来，派到乡下人身上的捐税也更加多起来。老通宝深信这都是串通了洋鬼子干的。

然而更使老通宝去年几乎气成病的。是茧子也是洋种的卖得好价钱；洋种的茧子，一担要贵上十多块钱。素来和儿媳总还和睦的老通宝，在这件事上可就吵了架。儿媳四大娘去年就要养洋种的蚕。小儿子跟他嫂嫂是一路，那阿四虽然嘴里不多说，心里也是要洋种的。老通宝拗不过他们，末了只好让步。现在他家里有的五张蚕种，就是土种四张，洋种一张。

“世界真是越变越坏！过几年他们连桑叶都要洋种了！我老通宝看着那些桑树，心里说，拿起身边的长旱烟管恨恨地敲着脚边的泥块。太阳现在正当他头顶，他的影子落在泥地上，短短地像一段乌焦木头，还穿着破棉袄的他，觉得浑身燥热起来了。他解开了大襟上的纽扣，又抓着衣角搧了几下，站起来回家去。

那一片桑树背后就是稻田。现在大部分是匀整的半翻着的燥裂的泥块。偶尔也有种了杂粮的，那黄金一般的菜花散出强烈的香味。那边远远地一簇房屋，就是老通宝他们住了三代的村坊，现在那些屋上都袅起了白的炊烟。

老通宝从桑林里走出来，到田塍上，转身又望那一片爆着嫩绿的桑树。忽然那边田里跳跃着来了一个十来岁的男孩子，远远地就喊道：“阿爹！妈等你吃中饭呢！”

“哦——”

老通宝知道是孙子小宝，随口应着，还是望着那一片桑林。才只得“清明”边，桑叶尖儿就抽得那么小指头儿似的，他一生就只见过两次。今年的蚕花，光景是好年成。三张蚕种，该可以采多少茧子呢？只要不像去年，他家的债也许可以拨还一些罢。

小宝已经跑到他阿爹的身边了，也仰着脸看那绿绒似的桑拳头；忽然他跳起来拍着手唱道："清明削口，看蚕娘娘拍手！"①老通宝的皱脸上露出笑容来了。他觉得这是一个好兆头。他把手放在小宝的"和尚头"上摩着，他的被穷苦弄麻木了的老心里勃然又生出新的希望来了。

二

天气继续暖和，太阳光催开了那些桑拳头上的小手指儿模样的嫩叶，现在都有小小的手掌那么大了。老通宝他们那村庄四周围的桑林似乎发长得更好，远望去像一片绿锦平铺在密密层层灰白色矮矮的篱笆上。"希望"在老通宝和一般农民们的心里一点一点一天一天强大。蚕事的动员令也在各方面发动了。藏在柴房里一年之久的养蚕用具都拿出来洗刷修补。那条穿村而过的小溪旁边，蠕动着村里的女人和孩子，工作着，嚷着，笑着。

这些女人和孩子们都不是十分健康的脸色，——从今年开春起，他们都只吃个半饱；他们身上穿的，也只是些破旧的衣服。实在他们的情形比叫花子好不了多少。然而他们的精神都很不差。他们有很大的忍耐力，又有很大的幻想。虽然他们都负了天天在增大的债，可是他们那简单的头脑老是这么想：只要蚕花熟，就好了！他们想象到一个月以后那些绿油油的桑叶就会变成雪白的茧子，于是又变成叮叮当当响的洋钱，他们虽然肚子里饿得咕咕地叫，却也忍不住要笑。

"四阿嫂！你们今年也看（养）洋种么？"

小溪对岸的一群女人中间有一个二十岁左右的姑娘隔溪喊过来了。四大娘认得是隔溪的对门邻舍陆福庆的妹子六宝。四大娘立刻把她的浓眉毛一挺，好像正想找人吵架似的嚷了起来："不要来问我！阿爹做主呢！——小宝的阿爹死不肯，只看了一张洋种！

老糊涂的听得带一个洋字就好像见了七世冤家！洋钱，也是洋，他倒又要了！小溪旁那些女人们听得笑起来了。这时候有一壮健的小伙子正从对岸的陆家稻场上走过，跑到溪边，跨上了那横在溪面用四根木头并排做成的雏形的"桥"。四大娘一眼看见，就丢开了"洋种"问题，高声喊道："多多弟！来帮我搬东西罢！这些扁，浸湿了，就像死狗一样重！"

小伙子阿多也不开口，走过来拿起五六只"团扁"，湿漉漉地顶在头上，却空着一双手，划桨似的荡着，就走了。这个阿多高兴起来时，什么事都肯做，碰到同村的女人们叫他帮忙拿什么重家伙，或是下溪去捞什么，他都肯；可是今天他大概有点不高兴，所以只顶了五六只"团扁"去，却空着一双手。那些女人们看着他戴了那特别大箬帽似的一叠"扁"，袅着腰，学镇上女人的样子走着，又都笑起来了。老通宝家紧邻的李根生的老婆荷花一边笑，一边叫道："喂，多多头！回来！也替我带一点儿去！"

"叫我一声好听的，我就给你拿。"

阿多也笑着回答，仍然走。转眼间就到了他家的廊下，就把头上的"团扁"放在廊檐口。

"那么，叫你一声干儿子！"

荷花说着就大声地笑起来；她那出众地白净然而扁得作怪的脸上看去就好像只有一张大嘴和眯紧了好像两条线一般

的细眼睛。她原是镇上人家的婢女，嫁给那不声不响整天苦着脸的半老头子李根生还不满半年，可是她的爱和男子们胡调已经在村中很有名。

“不要脸的！”

忽然对岸那群女人中间有人轻声骂了一句。荷花的那对细眼睛立刻睁大了，怒声嚷道：“骂那一个？有本事，当面骂，不要躲！”

“你管得我？棺材横头踢一脚，死人肚里自得知：我就骂那不要脸的骚货！”

隔溪立刻回骂过来了，这就是那六宝，又一位村里有名淘气的大姑娘。

于是对骂之下，两边又泼水。爱闹的女人也夹在中间帮这边帮那边，小孩子们笑着狂呼。四大娘是老成的，提起她的“蚕箪”，喊着小宝，自回家去。阿多站在廊下看着笑。他知道为什么六宝要跟荷花吵架；他看着那“辣货”六宝挨骂，倒觉得很高兴。

老通宝掮着一架“蚕台”从屋子里出来。这三棱形家伙的木梗子有几条给白蚂蚁蛀过了，怕的不牢，须得修补一下。看见阿多站在那里笑嘻嘻地望称为“箪”，方音读如“踏”；蚕初收蚁时，在“箪”中养育，呼为“蚕箪”，那是糊了纸的；这种纸通称“糊箪纸”。

“蚕台”是三棱式可以折起来的木架子，像三张梯连在一处的家伙；中分七八格，每格可放一团扁。

着外边的女人们吵架，老通宝的脸色就板起来了。他这“多多头”的小儿子不老成，他知道。尤其使他不高兴的，是多多也和紧邻的荷花说说笑笑。“那母狗是白虎星，惹上了她就得败家”，——老通宝时常这样警戒他的小儿子。

“阿多！空手看野景么？阿四在后边扎‘缀头’，你去帮他！”

老通宝像一匹疯狗似的咆哮着，火红的眼睛一直盯住了阿多的身体，直到阿多走进屋里去，看不见了，老通宝方才提过那“蚕台”来反复审察，慢慢地动手修补。木匠生活，老通宝早年是会的；但近来他老了，手指头没有劲，他修了一会儿，抬起头来喘气，又望望屋里挂在竹竿上的三张蚕种。

四大娘就在廊檐口糊“蚕箪”。去年他们为的想省几百文钱，是买了旧报纸来糊的。老通宝直到现在还说是因为用了报纸——不惜字纸，所以去年他们的蚕花不好。今年是特地全家少吃一餐饭，省下钱来买了“糊箪纸”来了。四大娘把那鹅黄色坚韧的纸儿糊得很平贴，然后又照品字式糊上三张小小的花纸——那是跟“糊箪纸”一块儿买来的，一张印的花色是“聚宝盆”，另两张都是手执尖角旗的人儿骑在马上，据说是“蚕花太子”。

“四大娘！你爸爸做中人借来三十块钱，就只买了二十担叶。后天米又吃完了，怎么办？”

老通宝气喘喘地从他的工作里抬起头来，望着四大娘。那三十块钱是二分半的月息。总算有四大娘的父亲张财发做中人，那债主也就是张财发的东家，“做好事”，这才只要了二分半的月息。条件是蚕事完后本利归清。

四大娘把糊好了的“蚕箪”放在太阳底下晒，好像生气似的说：“都买了叶！又像去年那样多下来——”

“什么后！你倒先来发利市了！年年像去年么？自家只有十来担叶；三张布子（蚕种），十来担叶够么？”

“噢，噢，你总是不错的！我只晓得有米烧饭，没米饿肚子！”

四大娘气哄哄地回答；为了那“洋种”问题，她到现在常要和老通宝抬杠。

老通宝气得脸都紫了。两个人就此再没有一句话。

但是“收蚕”的时期一天一天逼近了。这二三十人家的小村落突然呈现了一种大紧张，大决心，大奋斗，同时又是大希望。人们似乎连肚子饿都忘记了。老通宝他们家东借一点，西赊一点，居然也一天一天过着来。也不仅老通宝他们，村里那一家有两三斗米放在家里呀！去年秋收固然还好，可是地主、债主、正税、杂捐，一层一层地剥削来，早就完了。现在他们唯一的指望就是春蚕，一切临时借贷都是指明在这“春蚕收成”中偿还。

他们都怀着十分希望又十分恐惧的心情来准备这春蚕的大搏战！

“谷雨”节一天近一天了。村里二三十人家的“布子”都隐隐现出绿色来。女人们在稻场上碰见时，就匆忙地带着焦急而快乐的口气互相告诉道：

“六宝家快要‘窝种’②了呀！”

“荷花说她家明天就要‘窝’了。有这么快！”

“黄道士去测一字，今年的青叶要贵到四洋！”

四大娘看自家的五张“布子”。不对！那黑芝麻似的一片细点子还是黑沉沉，不见绿影。她的丈夫阿四拿到亮处去细看，也找不出几点“绿”来。四大娘很着急。

“你就先‘窝’起来罢！这余杭种，作兴是慢一点的。”

阿四看着他老婆，勉强自家宽慰。四大娘堵起了嘴巴不回答。

老通宝哭丧着干皱的老脸，没说什么，心里却觉得不妙。

幸而再过了一天，四大娘再细心看那“布子”时，哈，有几处转成绿色了！而且绿得很有光彩。四大娘立刻告诉了丈夫，告诉了老通宝，多多头，也告诉了她的儿子小宝。她就把那些布子贴肉温在胸前，抱着吃奶的婴孩似的静静儿坐着，动也不敢多动了。夜间，她抱着那五张布子到被窝里，把阿四赶去和多多头做一床。那布子上密密麻麻的蚕子儿贴着肉，怪痒痒的；四大娘很快活，又有点儿害怕，她第一次怀孕时胎儿在肚子里动，她也是那么半惊半喜的！

全家都是惴惴不安地又很兴奋地等候“收蚕”。只有多多头例外。他说：今年蚕花一定好，可是想发财却是命里不曾来。老通宝骂他多嘴，他还是要说。

蚕房早已收拾好了。“窝种”的第二天，老通宝拿一个大蒜头涂上一些泥，放在蚕房的墙脚边；这也是年年的惯例，但今番老通宝更加虔诚，手也抖了。去年他们“卜”③的非常灵验。可是去年那“灵验”，现在老通宝想也不敢想。

现在这村里家家都在“窝种”了。稻场上和小溪边顿时少了那些女人们的踪迹。一个“戒严令”也在无形中颁布了；乡农们即使平日是最好的，也不往来；人客来冲了蚕神不是玩的！他们至多在稻场上低声交谈一二句就走开。这是个“神圣”的季节。

老通宝家的五张布子上也有些“乌娘”④蠕蠕地动了。于是全家的空气，突然紧张。那正是“谷雨”前一日。四大娘料来可以挨过了“谷雨”节那一天⑤。布子不须再“窝”了，很小心地放在“蚕房”里。老通宝偷眼看一下那个躺在墙脚边的大蒜头，他心里就一跳。那大蒜头上还只有一两茎绿芽！老通宝不敢再看，心里祷祝后天正午会有更多更多的绿芽。

终于“收蚕”的日子到了。四大娘心神不定地淘米烧饭，时时看饭锅上的热气有没有直冲上来。老通宝拿出预先买了来的香烛点起来，恭恭敬敬放在灶君神位前。阿四和阿多去到田里采野花。小小宝帮着把灯芯草剪成细末子，又把采来的野花揉碎。一切都准备齐全了时，太阳也近午刻了，饭锅上水蒸气嘟嘟地直冲，四大娘立刻跳了起来，把“蚕花”和一对鹅毛插在发髻上，就到“蚕房”里。老通宝拿着秤杆，阿四拿了那揉碎的野花片儿和灯芯草碎末。四大娘揭开“布子”，就从阿四手里拿过那野花碎片和灯芯草末子撒在“布子”上，又接过老通宝手里的秤杆来，将“布子”挽在秤杆上，于是拔下发髻上的鹅毛在布子上轻轻儿拂；野花片，灯芯草末子，连同“乌娘”，都拂在那“蚕箪”里了。一张，两张，……都拂过了；最后一张是洋种，那就收在另一个“蚕箪”里。末了，四大娘又拔下发髻上那朵“蚕花”，跟鹅毛一块插在“蚕箪”的边儿上。

这是一个隆重的仪式！千百年相传的仪式！那好比是誓师典礼，以后就要开始了一个月光景的和恶劣的天气和厄运以及和不知什么的连日连夜无休息的大决战！

“乌娘”在“蚕箪”里蠕动，样子非常强健；那黑色也是很正路的。四大娘和老通宝他们都放心地松一口气了。但当老通宝悄悄地把那个“命运”的大蒜头拿起来看时，他的脸色立刻变了！大蒜头上还只得三四茎嫩芽！天哪！难道又同去年一样？

三

然而那“命运”的大蒜头这次竟不灵验。老通宝家的蚕非常好！虽然头眠二眠的时候连天阴雨，气候是比“清明”边似乎还要冷一点，可是那些“宝宝”都很强健。

村里别人家的“宝宝”也都不差。紧张的快乐弥漫了全村庄，似乎那小溪里琼琼的流水也像是朗朗的笑声了。只有荷花家是例外。她们家看了一张“布子”，可是“出火”只称得二十斤：“大眠”快边人们还看见那不声不响晦气色的丈夫根生倾弃了三“蚕箪”在那小溪里。

这一件事，使得全村的妇人对于荷花家特别“戒严”。她们特地避路；不从荷花的门前走，远远的看见了荷花或是她那不声不响丈夫的影儿就赶快躲开；这些幸运的人儿唯恐看了荷花他们一眼或是交谈半句话就传染了晦气来！

老通宝严禁他的小儿子多多头跟荷花说话。——“你再跟那东西多嘴，我就告你忤逆！”老通宝站在廊檐外高声大气喊，故意要叫荷花他们听得。

小小宝也受到严厉的嘱咐，不许跑到荷花家的门前，不许和他们说话。

阿多像一个聋子似的不理睬老头子那早早夜夜的唠叨，他心里却在暗笑。全家就只有他不大相信那些鬼禁忌。可是他也没有跟荷花说话，他忙都忙不过来。

“大眠”捉了毛三百斤，老通宝全家连十二岁的小宝也在内，都是两日两夜没有合眼。蚕是少见的好，活了六十岁的老通宝记得只有两次是同样的，一次就是他成家的那年，又一次是阿四出世那一年。“大眠”以后的“宝宝”第一天就吃了七担叶，个个是生青滚壮，然而老通宝全家都瘦了一圈，失眠的眼睛上布满了红丝。

谁也料得到这些“宝宝”上山前还得吃多少叶。老通宝和儿子阿四商量了：

“陈大少爷借不出，还是再求财发的东家罢？”

“地头上还有十担叶，够一天。”

阿四回答，他委实是支撑不住了，他的一双眼皮像有几百斤重，只想合下来。老通宝却不耐烦了，怒声喝道：

“说什么梦话！刚吃了两天老蚕呢。明天不算，还得吃三天，还要三十担叶，三十担！”

这时外边稻场上忽然人声喧闹，阿多押了新发来的五担叶来了。于是老通宝和阿四的谈话打断，都出去“持叶”。四大娘也慌忙从蚕房里钻出来。

隔溪陆家养的蚕不多，那大姑娘六宝抽得出工夫，也来帮忙了。那时星光满大，微微有点风，村前村后都断断续续传来了吆喝和欢笑，中间有一个粗暴的声音嚷道：“叶行情飞涨了！今天下午镇上开到四洋一担！”

老通宝偏偏听得了，心里急得什么似的。四块钱一担，三十担可要一百二十块呢，他哪来这许多钱！但是想到茧子总可以采五百多斤，就算五十块钱一百斤，也有这么二百五，他又心里一宽。那边“捋叶”的人堆里忽然又有一个小小的声音说：

“听说东路不大好，看来叶价钱涨不到多少的！”

老通宝认得这声音是陆家的六宝。这使他心里又一宽。

那六宝是和阿多同站在一个筐子边“捋叶”。在半明半暗的星光下，她和阿多靠得很近，忽然她觉得在那“杠条”的隐蔽下，有一只手在她大腿上拧了一把。好像知道是谁拧的，她忍住了不笑，也不声张。蓦地那手又在她胸前摸了一把，六宝直跳起来，吃惊地喊了一声：

“哎哟！”

“什么事？”

同在那筐子边捋叶的四大娘问了，抬起头来。六宝觉得自己脸上热烘烘了，她偷偷地瞪了阿多一眼，就赶快低下头，很快地捋叶，一面回答：

“没有什么。想来是毛毛虫刺了我一下。”

阿多咬住了嘴唇暗笑。虽然在这半个月来他是半饱而且少睡，也瘦了许多了，他的精神可还是很饱满。老通宝那种忧愁，他是永远没有的。他永不相信靠一次蚕花好或是田里熟，他们就可以还清了债再有自己的田；他知道单靠勤俭工作，即使做到背脊骨折断也是不能翻身的。但是他仍旧很高兴地工作着，他觉得这也是一种快活，正像和六宝调情一样。

第二天早上，老通宝就到镇里去想法借钱来买叶。临走前，他和四大娘商量好，决定把他家那块出产十五担叶的桑地去抵押。这是他家最后的产业。

叶又买来了三十担。第一批的十担发来时，那些壮健的“宝宝”已经饿了半点钟了。“宝宝”们尖出了小嘴巴，向左向右乱晃，四大娘看得心酸。

叶铺了上去，立刻蚕房里充满着萨萨萨的响声，人们说话也不大听得清。不多一会儿，那些“团扁”里立刻又全见白了，于是又铺上厚厚的一层叶。人们单是“上叶”也就忙得透不过气来。但这是最后五分钟了。再得两天，“宝宝”可以上山。人们把剩余的精力榨出来拼死命干。

阿多虽然接连三日三夜没有睡，却还不见怎么倦。那一夜，就由他一个人在“蚕房”里守那上半夜，好让老通宝以及阿四夫妇都去歇一歇。那是个好月夜，稍稍有点冷。蚕房里蒸了一个小小的火。阿多守到二更过，上了第二次的叶，就蹲在那个“火”旁边听那些“宝宝”萨萨萨地吃叶。渐渐儿他的眼皮合上了。恍惚听得有门响，阿多的眼皮一跳，睁开眼来看了看，就又合上了。他耳朵里还听得萨萨萨的声音和屑索屑索的怪声。猛然一个踉跄，他的头在自己膝头上磕了一下，他惊醒过来，恰就听得蚕房的芦帘拍叉一声响，似乎还看见有人影一闪。阿多立刻跳起来，到外面一看，门是开着，月光下稻场上有一个人正走向溪边去。阿多飞也似跳出去，还没看清那人是谁，已经把那人抓过来摔在地下。他断定了这是一个贼。

“多多头！打死我也不怨你，只求你不要说出来！”

是荷花的声音，阿多听真了时不禁浑身的汗毛都竖了起来。月光下他又看见那扁得作怪的白脸儿上一对细圆的眼睛定定地看住了他。可是恐怖的意思那眼睛里也没有。阿多哼了一声，就问道：

“你偷什么？”

“我偷你们的宝宝！”

“放到那里去了？”

“我扔到溪里去了！”

阿多现在也变了脸色。他这才知道这女人的恶意是要冲克他家的“宝宝”。

“你真心毒呀！我们家和你们可没有冤仇！”

“没有么？有的，有的！我家自管蚕花不好，可并没害了谁，你们都是好的！你们怎么把我当作白老虎，远远地望见我就别转了脸？你们不把我当人看待！”

那妇人说着就爬了起来，脸上的神气比什么都可怕。阿多瞅着那妇人好半晌，这才说道：“我不打你，走你的罢！”

阿多头也不回地跑回家去，仍在“蚕房”里守着。他完全没有睡意了。

他看那些“宝宝”，都是好好的。他并没想到荷花可恨或可怜，然而他不能忘记荷花那一番话；他觉到人和人中间有什么地方是永远弄不对的，可是他不能够明白想出来是什么地方，或是为什么。再过一会儿，他就什么都忘记了。“宝宝”是强健的，像有魔法似的吃了又吃，永远不会饱！

以后直到东方快打白了时，没有发生事故。老通宝和四大娘来替换阿多了，他们拿那些渐渐身体发白而变短了的“宝宝”在亮处照着，看是“有没有通”。他们的心被快活胀大了。但是太阳出山时四大娘到溪边汲水，却看见六宝满脸严重地跑过来悄悄地问道：

“昨夜二更过，三更不到，我远远地看见那骚货从你们家跑出来，阿多跟在后面，他们站在这里说了半天话呢！四阿嫂！你们怎么不管事呀？”

四大娘的脸色立刻变了，一句话也没说，提了水桶就回家去，先对丈夫说了，再对老通宝说。这东西竟偷进人家“蚕房”来了，那还了得！老通宝气得直跺脚，马上叫了阿多来查问。但是阿多不承认，说六宝是做梦见鬼。老通宝又去找六宝询问。六宝是一口咬定了看见的。老通宝没有主意；回家去看那“宝宝”，仍然是很健康，瞧不出一些败相来。

但是老通宝他们满心的欢喜却被这件事打消了。他们相信六宝的话不会毫无根据。他们唯一的希望是那骚货或者只在廊檐口和阿多鬼混了一阵。

“可是那大蒜头上的苗却当真只有三四茎呀！”

老通宝自心里这么想，觉得前途只是阴暗。可不是，吃了许多叶去，一直落来都很好，然而上了山却干殭了的事，也是常有的。不过老通宝无论如何不敢想到这上头去；他以为即使是肚子里想，也是不吉利。

四

“宝宝”都上山了，老通宝他们还是捏着一把汗。他们钱都花光了，精力也绞尽了，可是有没有报酬呢，到此时还没有把握。虽则如此，他们还是硬着头皮去干。“山棚”下蒸了火，老通宝和阿四他们伛着腰慢慢地从这边蹲到那边，又从那边蹲到这边。他们听得山棚上有些屑屑索索的细声，他们就忍不住想笑，过一会儿又不听得了，他们的心就重甸甸地往下沉了。这样地，心是焦灼着，却不敢向山棚上望。偶或他们仰着的脸上淋到了一滴蚕尿了，虽然觉得有点难过，他们心里却快活；他们巴不得多淋一些。

阿多早已偷偷地挑开“山棚”外围着的芦帘望过几次了。小小宝看见，就扭住了阿多，问“宝宝”有没有做茧子。阿多伸出舌头做一个鬼脸，不回答。

“上山”后三天，熄火了。四大娘再也忍不住，也偷偷地挑开芦帘角看了一眼，她的心立刻扑扑地跳了。那是一片雪白，几乎连“缀头”都瞧不见；那是四大娘有生以来从没有见过的“好蚕花”呀！老通宝全家立刻充满了欢笑。现在他们一颗心定下来了！“宝宝”们有良心，四洋一担的叶不是白吃的；他们全家一个月的忍饿失眠总算不冤枉，天老爷有眼睛！

同样的欢笑声在村里到处都起来了。今年蚕花娘娘保佑这小小的村子，二三十人家都可以采到七八分，老通宝家更是与众不同，估量来总可以采一个十二三分。

小溪边和稻场上现在又充满了女人和孩子们。这些人都比一个月前瘦了许多，眼眶陷进了，嗓子也发沙，然而都很快活兴奋。她们嘈嘈地谈论那一个月内的“奋斗”时，她们的眼前便时时现出一堆堆雪白的洋钱，她们那快乐的心里便时时闪过了这样的盘算：夹衣和夏衣都在当铺里，这可先得赎出来；过端阳节也许可以吃一条黄鱼。

那晚上荷花和阿多的把戏也是她们谈话的资料。六宝见了人就宣传荷花的“不要脸，送上门去！”男人们听了就粗暴地笑着，女人们念一声佛，骂一句，又说老通宝家总算幸气，没有犯尅，那是菩萨保佑，祖宗有灵！

接着是家家都“浪山头”了，各家的至亲好友都来“望山头”⑥。老通宝的亲家张财发带了小儿子阿九特地从镇上来到村里。他们带来的礼物，是软糕、线粉、梅子、枇杷，也有咸鱼。小小宝快活得好像雪天的小狗。

“通宝，你是卖茧子呢，还是自家做丝？”

张老头子拉老通宝到小溪边一棵杨柳树下坐了，这么悄悄地问。这张老头子张财发是出名“会寻快活”的人，他从镇上城隍庙前露天的“说书场”听来了一肚子的疙瘩东西；尤其烂熟的，是“十八路反王，七十二处烟尘”，程咬金卖柴扒，贩私盐出身，瓦岗寨做反王的《隋唐演义》。他向来说话“没正经”，老通宝是知道的；所以现在听得问是卖茧子或者自家做丝，老通宝并没把这话看重，只随口回答道：

“自然卖茧子。”

张老头子却拍着大腿叹一口气。忽然他站了起来，用手指着村外那一片秃头桑林后面耸露出来的茧厂的风火墙说道：

“通宝！茧子是采了，那些茧厂的大门还关得紧洞洞呢！今年茧厂不开秤！——十八路反王早已下凡，李世民还没出世；世界不太平！今年茧厂关门，不做生意！”

老通宝忍不住笑了，他不肯相信。他怎么能够相信呢？难道那“五步一岗”似的比露天茅坑还要多的茧厂会一齐都关了门不做生意？况且听说和东洋人也已“讲拢”，不打仗了，茧厂里驻的兵早已开走。

张老头子也换了话，东拉西扯讲镇里的“新闻”，夹着许多“说书场”上听来的什么秦叔宝、程咬金。最后，他代他的东家催那三十块钱的债，为的他是“中人”。

然而老通宝到底有点不放心。他赶快跑出村去，看看“塘路”上最近的两个茧厂，果然大门紧闭，不见半个人；照往年说，此时应该早已摆开了柜台，挂起了一排乌亮亮的大秤。

老通宝心里也着慌了，但是回家去看见了那些雪白发光很厚实硬古古的茧子，他又忍不住嘻开了嘴。上好的茧子！会没有人要，他不相信。并且他还要忙着采茧，还要谢“蚕花利市”⑦，他渐渐不把茧厂的事放在心上了。

可是村里的空气一天一天不同了。才得笑了几声的人们现在又都是满脸的愁云。各处茧厂都没开门的消息陆续从镇上传来，从“塘路”上传来。往年这时候，“收茧人”像走马灯似的在村里巡回，今年没见半个“收茧人”，却换替着来了债主和催粮的差役。请债主们就收了茧子罢，债主们板起面孔不理。

全村子都是嚷骂，诅咒，和失望的叹息！人们做梦也不会想到今年“蚕花”好了，他们的日子却比往年更加困难。这在他们是一个青天的霹雳！并且愈是像老通宝他们家似的，蚕愈养得多，愈好，就愈加困难，——“真正世界变了！”老通宝捶胸跺脚地没有办法。然而茧子是不能搁久了的，总得赶快想法：不是卖出去，就是自家做丝。村里有几家已经把多年不用的丝车拿出来修理，打算自家把茧做成丝了再说。

六宝家也打算这么办。老通宝便也和儿子媳妇商量道：

“不卖茧子了，自家做丝！什么卖茧子，本来是洋鬼子行出来的！”

“我们有五百多斤茧子呢，你打算摆几部丝车呀！”

四大娘首先反对了。她这话是不错的。五百斤的茧子可不算少，自家做丝万万干不了。请帮手么？那又得花钱。阿四是和他老婆一条心。阿多抱怨老头子打错了主意，他说：

“早依了我的话，扣住自己的十五担叶，只看一张洋种，多么好！”

老通宝气得说不出话来。

终于一线希望忽又来了。同村的黄道士不知从那里得的消息，说是无锡脚下的茧厂还是照常收茧。黄道士也是一样的种田人，并非吃十方的“道士”，向来和老通宝最说得来。于是老通宝去找那黄道士详细问过了以后，便又和儿子阿四商量把茧子弄到无锡脚下去卖。老通宝虎起了脸，像吵架似的嚷道：

“水路去有三十多九呢！来回得六天！他妈的！简直是充军！可是你有别的办法么？茧子当不得饭吃，蚕前的债又逼紧来！”

阿四也同意了。他们去借了一条赤膊船，买了几张芦席，赶那几天正是好晴，又带了阿多。他们这卖茧子的“远征军”就此出发。

五天以后，他们果然回来了；但不是空船，船里还有一筐茧子没有卖出。

原来那三十多九水路远的茧厂挑剔得非常苛刻：洋种茧一担只值三十五元，土种茧一担二十元，薄茧不要。老通宝他们的茧子虽然是上好的货色，却也被茧厂里挑剩了那么一筐，不肯收买，老通宝他们实卖得一百十一块钱、除去路上盘川，就剩了整整的一百元，不够偿还买青叶所借的债！老通宝路上气得生病了，两个儿子扶他到家。

打回来的八九十斤茧子，四大娘只好自家做丝了。她到六宝家借了丝车，又忙了五六天。家里米又吃完了。叫阿四拿那丝上镇里去卖，没有人要；上当铺当铺也不收。说了多少好话，总算把清明前当在那里的一石米换了出来。

就是这么着，因为春蚕熟，老通宝一村的人都增加了债！老通宝家为的养了三张布子的蚕，又采了十多分的好茧子，就此白赔上十五担叶的桑地和三十块钱的债！一个月光景的忍饿熬夜还都不算！

注释：

①这是乡村里关于“蚕事“的一种歌谣式的成语。全句是说清明边桑叶开绽则熟年可卜，故蚕妇拍手而喜。

②“窝种”也是老通宝乡里的习惯；蚕种转成绿色后就得把来贴肉揾着，约三四天后，蚕蚁孵出，就可以“收蚕”。这工作是女人做的，“窝”是方音，意即“揾”也。

③用大蒜头来“卜”蚕花好否，是老通宝乡里的迷信。收蚕前两三天，以大蒜涂泥置蚕房中，至收蚕那天拿来看，蒜叶多主蚕熟，少则不熟。

④老通宝乡间称初生的蚕蚁为“乌娘”，这是方言。

⑤老通宝乡里的习惯，“收蚕”——即收蚁，须得避过谷雨那一天，或上或下都可以，但不能正在谷雨那一天。

⑥“浪山头”在熄火后一日举行，那时蚕已成茧，山棚四周的芦帘撤去。“浪”是“亮出来”的意思，“望山头”是来探望“山头”，有慰问祝颂的意思。“望山头”的礼物也有定规。

⑦老通宝乡里的风俗，“大眠”以后得拜一次“利市”，采茧以后，也是一次。经济窘的人家只举行了谢“蚕花利市”；“拜利市”也是方言，意即“谢神”。

迟桂花

——郁达夫

××兄：

突然间接着我这一封信，你或者会惊异起来，或者你简直会想不出这发信的翁某是什么人。但仔细一想，你也不在做官，而你的境遇，也未见得比我的好几多倍，所以将我忘了的这一回事，或者是还不至于的。因为这除非是要贵人或境遇很好的人才做得出来的事情。前两礼拜为了采办结婚的衣服家具之类，才下山去。有好久不上城里去了，偶尔去城里一看，真是象丁令威的化鹤归来，触眼新奇，宛如隔世重生的人。在一家书铺门口走过，一抬头就看见了几册关于你的传记评论之类的书。再踏进去一问，才知道你的著作竟积成了八九册之多了。将所有的你的和关于你的书全买将回来一读，仿佛是又接见了十余年不见的你那副音容笑语的样子。我忍不住了，一遍两遍的尽在翻读，愈读愈想和你通一次信，见一次面。但因这许多年数的不看报，不识世务，不亲笔砚的缘故，终于下了好几次决心。而仍不敢把这心愿来实现。现在好了，关于我的一切结婚的事情的准备，也已经料理到了十之七八，而我那年老的娘，又在打算着于明天一侵早就进城去，早就上床去躺下了。我那可怜的寡妹，也因为白天操劳过了度，这时候似乎也已经坠入了梦乡，所以我可以静静儿的来练这久未写作的笔，实现我这已经怀念了有半个多月的心愿了。

提笔写将下来，到了这里，我真不知将如何的从头写起。和你相别以后，不通闻问的年数，隔得这么的多，读了你的著作以后，心里头触起的感觉情绪，又这么的复杂；现在当这一刻的中间，汹涌盘旋在我脑里想和你谈谈的话，的确，不止像一部二十四史那么的繁而且乱，简直是同将要爆发的火山内层那么的热而且烈，急遽我们自从房州海岸别来，到现在总也约莫有十多年光景了吧！我还记得那一天晴冬的早晨，你一个人立在寒风里送我上车回东京去的情形。你那篇《南迁》的主人公，写的是不是我？我自从那一年后，竟为这胸腔的恶病所压倒，与你再见一次面和通一封信的机会也没有，就此回国了。学校当然是中途退了学，连生存的希望都没有了的时候，哪里还顾得将来的立身处世？哪里还顾得身外的学艺修能？到这时候为止的我的少年豪气，我的绝大雄心，是你所晓得的。同级同乡的同学，只有你和我往来得最亲密。在同一公寓里同住得最长久的，也只有你一个人；时常劝我少用些功，多保养身体，预备将来为国家为人类致大用的，也就是你。每于风和日朗的晴天，拉我上多摩川上井之头公园及武藏野等近郊去散步闲游的，除你以外，更没有别的人了。那几年高等学校时代的愉快的生活，我现在只教一闭上眼，还历历透视得出来。看了你的许多初期的作品，这记忆更加新鲜了。我的所以愈读你的作品，愈想和你通一次信者，原因也就在这些过去的往事的追怀。这些都是你和我两人所共有的过去，我写也没有写得你那么好，就是不写你总也还记得的，所以我不想再说。我打算详详细细向你来作一个报告的，就是从那年冬天回故乡以后的十几年光景的山居养病的生活情形。

那一年冬天咯了血，和你一道上房州去避寒，在不意之中，又遇见了那个肺病少女——是真砂子罢？连她的名字我都忘了——无端惹起了那一场害人害己的恋爱事件。你送我回东京之后，住了一个多礼拜，我就回国来了。我们的老家在离城市有二十来里地的翁家山上，你是晓得的。回家住下，我自己对我的病，倒也没什么惊奇骇异的地方，可是我痰里的血丝，脸上苍白的，和身体的瘦削，却把我那已经守了好几年寡的老母急坏了，因为我那短命的父亲，也是患这同样的病而死去的。于是她就四处的去求神拜佛，采药求医，急得连粗茶淡饭都无心食用，头上的白发，也似乎一天一天的加多起来了。我哩！恋爱已经失败了，学业也已辍了，对于此生，原已没有多大的野心，所以就落得去由她摆布，积极地虽尽不得孝，便消极地尽了我的顺。

初回家的一年中间，我简直门外也不出一步，各色各样的奇形的草药和各色各样的异味的单方，差不多都尝了一个遍。但是怪得很，连我自己都满以为没有希望的这致命的病症，一到了回国后经过的第二个夏天，竟似乎有神助似的忽然减轻了，夜热也不再发，盗汗也居然止住，痰里的血丝早就没有了。我的娘的喜欢，当然是不必说，就是在家里替我煮药缝衣，代我操作一切的我那位妹妹，也同春天的天气一样，时时展开了她的愁眉，露出了她那副特有的真真是讨人欢喜的笑容。到了初夏，我药也已经不服，有兴致的时候，居然也能够和她们一道上山前山后去采采茶，摘摘菜，帮她们去服一点小小的劳役了。

是在这一年的——回家后第三年的——秋天，在我们家里，同时候发生了两件似喜而又可悲，说悲却也可喜的悲喜剧。第一，就是我那妹妹的出嫁，第二，就是我定在城里的那家婚约的解除。妹妹那年十九岁了，男家是只隔一支山岭的一家乡下的富家。他们来说亲的时候，原是因为我们祖上是世代读书的，总算是来和诗礼人来攀婚的意思。定亲已经定过了四五年了，起初我娘却嫌妹年纪太小，不肯马上准他们来迎娶，后来就因为我的病，一搁就又搁起了两三年。到了这一回，我的病总算已经恢复，而妹妹却早到了该结婚的年龄了。男家来一说，我娘也就应允了他们。也算完了她自己的一件心事。至于我的这家亲事呢，却是我父亲在死的前一年为我定下的，女家是城里的一家相当有名的旧家。那时候我的年纪虽还很小，而我们家里的不动产却着实还有一点可观。并且我又是一个才子，将来家里要培植我读书处世是无疑的，所以那一家旧家居然也应允了我的婚事。以现在的眼光看来，这门亲事，当然是我们去竭力高攀的，因为杭州人家的习俗，是吃粥的人家的女儿，非要去嫁吃饭的人家不可的。还有乡下姑姑，嫁往城里，倒是常事，城里的千金小姐，却不大会下嫁到乡下来的，所以当时的这个婚约，起初在根本上就有点儿不对。后来经我父亲的一死，我们家里，丧葬费用，就用去不少。嗣后年复一年，母子三人，只吃着家里的死饭。亲族戚属，少不得又要对我们孤儿寡妇，时时加以一点剥削。母亲又忠厚无用，在出卖田地山场的时候，也不晓得市价的高低，大抵是任凭族人在勾搭。就因这种种关系的结果，到我考取了官费，上日本去留学的那一年，我们这一家世代读书的翁家山上的旧家，已经只剩得一点仅能维护衣食的住屋山场和几块荒田了。

当我初次出国的时候，承蒙他们不弃，我那未来的亲家，还送了我些赆仪路费。后来由于寒假暑假回国的期间，也曾央原媒来催过完姻。可是接着就是我那致命的病症的发生，与我的学业的中辍，于是两三年中，他们和我们的中间，便自然而然的断绝了交往。到了这一年的晚秋，当我那妹妹嫁后不久的时候，女家忽而又央了原媒来对母亲说："你们的大少爷，有病在身，婚娶的事情，当然是不大相宜的，而他家的小姐，也已经下了绝大的决心，立志终身不嫁了，所以这一个婚约，还是解除了的好。"说着就打开包裹，将我们传红时候交去的金玉如意，红绿帖子等，拿了出来，退还了母亲。我那忠厚老实的娘，人虽则无用，但面子却是死要的，一听了媒人的这一番说话，目瞪口僵，立时就滚下几颗眼泪来。幸亏我在旁边，做好做歹的对娘劝慰了好久，她才含着眼泪，将女家的回礼及八字全帖等检出，交还了原媒。媒人去后，她又上山后我父亲的坟边去大哭一场。直到傍晚，我和同族邻人等一道去拉她回来，她在路上，还流着满脸的眼泪鼻涕，在很伤心地呜咽。这一出赖婚的怪剧，在我只有高兴，本来是并没有什么大不了的，可是由头脑很旧的她看来，却似乎是翁家世代的颜面家声都被他们剥尽了。自此以后，一直下来，将近十年，我和她母子二人，就日日的寡言少笑，相对茕茕，直到前年的冬天，我那妹夫死去，寡妹回来为止，两人所过的，都是些在炼狱里似的沉闷的日子。

说起我那寡妹，她真也是前世不修。人虽则很长大，身体虽则很强壮，但她的天性，却永远是一个天真活泼的小孩子。嫁过去那一年，来回郎的时候，她还是笑嘻嘻地如同上城里去了一趟回来了的样子，但双满月之后，到年下边回来的时候，从来不晓得悲泣的她，竟对我母亲掉起眼泪来了。她们夫家的公公虽则还好，但婆婆的繁言吝啬，小姑的刻薄尖酸和男人的放荡凶暴，使她一天到晚不到一刻安闲自在的生活。工作操劳本系是她在家里的时候所惯习的，倒并不以为苦，所最难受的，却是多用一枝火柴，也要受婆婆责备的那一种俭约到不可思议的生活状态。还有两位小姑，左一句尖话，右一句毒语，仿佛从前我娘的不准他们早来迎娶，致使她们的哥哥染上游荡的恶习，在外面养起了女人这一件事情，完全是妹妹的罪恶。结婚之后，新郎的恶习，仍旧改不过来，反而是在城里他那旧情人家里过的日子多，在新房里过的日子少。这一笔账，当然又要写在我妹妹的身上。婆婆说她不会侍奉男人，小姑们说她不会劝，不会骗。有时候公公看得难受，替她申辩一声，婆婆就尖着喉咙，要骂上公公的脸去："你这老东西！脸要不要，脸要不要，你这扒灰老！"因为那妹夫，过的是这一种不自然的生活，所以前年夏天，就染了急病死掉了，于是我那妹妹又多了个克夫的罪名。妹妹年轻守寡，公公少不得总要对她客气一点，婆婆在这里就算抓住了扒灰的证据，三日一场吵，五日一场闹，还是小事，有几次在半夜里，两老夫妇还会大哭大骂的喧闹起来。我妹妹于有一回被骂被逼得特别厉害的争吵之后，就很坚决地搬回到了家里来住了。自从她回来之后，我的娘非但得到了一个很大的帮手，就是我们家里的沉闷的空气，也缓和了许多。

这就是和你别后，十几年来，我在家里所过的生活的大概。平时非但不上城里去走走，当风雪盈途的冬季，我和我娘简直有好几个月不出门外的时候。我妹妹回来之后，生活又约略变过了。多年不做的焙茶事业，去年也竟出产了一二百斤。我的身体，经了十几年的静养，似乎也有一点把握了。从今年起，我并且在山上的晏公祠里参加入了一个训蒙的小学，居然也做了一位小学教师。但人生是动不得的，稍稍一动，就如滚石下山，变化便要接连不断的簇生出来。我因为在教教书，而家里头又勉强地干起了一点事业，今年夏季居然又有人来同我议婚了。新娘是近邻乡村里的一位老处女，今年二十七岁，家里虽称不得富有，可也是小康之家。这位新娘，因为从小就读了些书，曾在城里进过学堂，相貌也还过得去——好几年前，我曾经在一处市场上看见过她一眼的——故而高不凑，低不就，等闲便度过了她的锦样的青春。我在教书的学校里的那位名誉校长——也是我们的同族——本来和她是旧亲，所以这位校长就在中间做了个传红线的冰人。我独居已经惯了，并且身体也不见得分外强健，若一结婚，难保得旧病的不会复发，故而对这门亲事，当初是断然拒绝了的。可是我那年老的母亲，却仍是雄心未死，还在想我结一头亲，生下几个玉树芝兰来，好重振重振我们的这已经坠落了很久的家声，于是这亲事又同当年生病的时候服草药一样，勉强地被压上我的身上来了。我哩，本来也已经入了中年了，百事原都看得很穿，又加以这十几年的疏散和无为，觉得在这世上任你什么也没甚大不了的事情，落得随随便便的过去，横竖是来日也无多了。只教我母亲喜欢的话，那就是我稍稍牺牲一点意见也使得。于是这婚议，就在很短的时间里，成熟得妥妥帖帖，现在连迎娶的日期也已经拣好了，是旧年九月十二。

是因为这一次的结婚，这才进城里去买东西，才发现了多年不见的你这老友的存在，所以结婚之日，我想请你来我这里吃喜酒，大家来谈谈过去的事情。你的生活，从你的日记和著作中看来，本来也是同云游的僧道一样的。让出一点工夫来，上这一区僻静的乡间来住几日，或者也是你所喜欢的事情。你来，你一定来，我们又可以回顾回顾一去而不复返的少年时代。

我娘的房间里，有起响动来了，大约天总就快亮了罢。这一封信，整整地费了我一夜的时间和心血，通宵不睡，是我回国以后十几年来不曾有过的经验，你单只看取了我的这一点热忱，我想你也不好意思不来。

啊，鸡在叫了，我不想再写下去了，还是让我们见面之后再来谈罢！

一九三二年九月翁则生上

刚在北平住了个把月，重回到上海的翌日，和我进出的一家书铺里，就送了这一封挂号加邮托转交的厚信来。我接到了这信，捏在手里，起初还以为是一位我认识的作家，寄了稿子来托我代售的。但翻转信背一看，却是杭州翁家山的翁某某所发，我立时就想起了那位好学不倦，面容妩媚，多年不相闻问的旧同学老翁。他的名字叫翁矩，则生是他的小名。人生得矮小娟秀，皮色也很白净，因而看起来总觉得比他的实际年龄要小五六岁。在我们的一班里，算他的年纪最小，操体操的时候，总是他立在最后的，但实际上他也只不过比我小两岁。那一年寒假之后，和他同去房州避寒，他的左肺尖，已经被结核菌损蚀得很厉害了。住不上几天，一位也住在那边养肺病的日本少女，很热烈地和他要好了起来，结果是那位肺病少女的因兴奋而病剧，他也就同失了舵的野船似的迁回到了中国。以后一直十多年，我虽则在大学里毕了业，但关于他的消息，却一向还不曾听见有人说起过。拆开了这封长信，上书室去坐下，从头到尾细细读完之后，我呆视着远处，茫茫然如失了神的样子，脑子里也触起了许多感慨与回想。我远远的看出了他的那种柔和的笑容，听见了他的沉静而又清澈的声气。直到天将暗下去的时候，我一动也不动，还坐在那里呆想，而楼下的家人却来催吃晚饭了。在吃晚饭的中间，我就和家里的人谈起了这位老同学，将那封长信的内容约略说了一遍。家里的人，就劝我落得上杭州去旅行一趟，像这样的秋高气爽的时节，白白地消磨在煤烟灰土很深的上海，实在有点可惜，有此机会，落得去吃吃他的喜酒。

第二天仍旧是一天晴和爽朗的好天气，午后二点钟的时候，我已经到了杭州城站，在雇车上翁家山去了。但这一天，似乎是上海各洋行与机关的放假的日子，从上海来杭州旅行的人，特别的多。城站前面停在那里候客的黄包车，都被火车上下来的旅客雇走了，不得已，我就只好上一家附近的酒店去吃午饭。在吃酒的当中，问了问堂倌以去翁家山的路径，他便很详细地指示我说：

“你只教坐黄包车到旗下的陈列所，搭公共汽车到四眼井下来走上去好了。你又没有行李，天气又这么的好，坐黄包车直去是不上算的。”

得到了这一个指数，我就从容起来了，慢慢地喝完了半斤酒，吃了两大碗饭，从酒店出来，便坐车到了旗下。恰好是三点前后的光景，湖六段的汽车刚载满了客人，要开出去。我到了四眼井下车，从山下稻田中间的一条石板路走进满觉陇的时候，太阳已经平西到了三五十度斜角度的样子，是牛羊下山，行人归舍的时刻了。在满觉陇的狭路中间，果然遇见了许多中学校的远足归来的男女学生的队伍。上水乐洞口去坐下喝了一碗清茶，又拉住了一位农夫，问了声翁则生的名字，他就晓得得很详细似的告诉我说：

“是山上第二排的朝南的一家，他们那间楼房顶高，你一上去就可以看得见的。则生要讨新娘子了，这几天他们正在忙着收拾。这时候则生怕还在晏翁祠的学堂里哩。”

谢过了他的好意，付过了茶钱，我就顺着上烟霞洞去的石级，一步一步的走上了出去。渐走渐高，人声人影是没有了，在将暮的晴天之下，我只看见了许多树影。在半山亭里立住歇了一歇，回头向东南一望，看得见的，只有些青葱的山和如云的树，在这些绿树丛中又是些这儿几点，那儿一簇的屋瓦和白墙。

“啊啊，怪不得他的病会得好起来了，原来翁家山是在这样的一个好地方。”

烟霞洞我儿时也曾来过的。但当这样晴爽的秋天，于这一个西下夕阳东上月的时刻，独立在山中的空亭里，来仔细赏玩景色的机会，却还不曾有过。我看见了东天的已经满过半弓的月亮，心里正在羡慕翁则生他们老家的处地的幽深，而从背后又吹来了一阵微风，里面竟含满着一种说不出的撩人的桂花香气。

“啊……”

我又惊异了起来：

“原来这儿到这时候还有桂花？我在以桂花著名的满觉陇里，倒不曾看到，反而在这一块冷僻的山里面来闻吸浓香，这可真也是奇事了。”

这样的一个人独自在心中惊异着，闻吸着，赏玩着，我不知在那空亭里立了多少时候。突然从脚下树从深处，却幽幽的有晚钟声传过来了，东嗡，东嗡，地这钟声实在真来得缓慢而凄清。我听得耐不住了，拔起脚跟，一口气就走上了山顶，走到了那个山下农夫曾经教过我的烟霞洞西面翁则生家的近旁。约莫离他家还有半箭路远时候，我一面喘着气，一面就放大了喉咙向门里面叫了起来："喂，老翁！老翁！则生！翁则生！"

听见了我的呼声，从两扇关在那里的腰门里开出来答应的却不是被我所唤的翁则生自己，而是我从来也没有见过的，比翁则生略高三五分的样子，身体强健，两颊微红，看起来约莫有二十四五的一位女性。

她开出了门，一眼看见了我，就立住脚惊疑似的略呆了一呆。同时我看见她脸上却涨起了一层红晕，一双大眼睛眨了几眨，深深地吞了一口气。她似乎已经镇静下去了，便很腼腆地对我一笑。在这一脸柔和的笑容里，我立时就看到了翁则生的面相与神气，当然她是则生的妹妹无疑了，走上了一步，我就也笑着问她说：

"则生不在家么？你是他的妹妹不是？"

听了我这一句问话，她脸上又红了一红，柔和地笑着，半俯了头，她方才轻轻地回答我说：

"是的，大哥还没有回来，你大约是上海来的客人罢？吃中饭的时候，大哥还在说哩！"

这沉静清澈的声气，也和翁则生的一色而没有两样。

"是的，我是从上海来的。"

我接着说：

"我因为想使则生惊骇一下，所以电报也不打一个来通知，接到他的信后，马上就动身来了。不过你们大哥的好日也太逼近了，实在可也没有写一封信来通知的时间余裕。"

"你请进来罢，坐坐吃碗茶，我马上去叫了他来。怕他听到了你来，真要惊喜得像疯了一样哩。"

走上台阶，我还没有进门，从客堂后面的侧门里，却走出了一位头发雪白，面貌清癯，大约有六十内外的老太太来。她的柔和的笑容，也是和她的女儿的笑容一色一样的。似乎已经听见了我们在门口交换过的谈话了，她一开口就对我说：

“是郁先生么？为什么不写一封快信来通知？则生中上还在说，说你若要来，他打算进城上车站去接你的。请坐，请坐，晏公祠只有十几步路，让我去叫他来罢，怕他真要高兴得象什么似的哩。”说完了，她就朝向了女儿，吩咐她上厨下去烧碗茶来。她自己却踏着很平稳的脚步，走出大门，下台阶去通知则生去了。

“你们老太太倒还轻健得很。”

“是的，她老人家倒还好。你请坐罢，我马上沏了茶来。”

她上厨下去起茶的中间，我一个人，在客堂里倒得了一个细细观察周围的机会。则生他们的住屋，是一间三开间而有后轩后厢房的楼房。前面阶沿外走落台阶，是一块可以造厅造厢楼的大空地。走过这块数丈见方的空地，再下两级台阶，便是村道了。越村道而下，再低数尺，又是一排人家的房子。但这一排房子，因为都是平屋，所以挡不杀翁则生他们家里的眺望。立在翁则生家的空地里，前山后山的山景，是依旧历历可见的。屋前屋后，一段一段的山坡上，都长着些不大知名的杂树，三株两株夹在这些杂树中间，树叶短狭，叶与细枝之间，满撒着锯末似的黄点的，却是木樨花树。前一刻在半山空亭里闻到的香气，源头原来系出在这一块地方的。太阳似乎已下山，澄明的光里，已经看不见日轮的金箭，而山脚下的树梢头，也早有一带晚烟笼上了。山上的空气，真静得可怜，老远老远的山脚下的村里，小儿在呼唤的声音，也清晰得地听得出来。我在空地里立了一会，背着手又踱回到了翁家的客厅，向四壁挂在那里的书画一看，却使我想起了翁则生信里所说的事实。琳琅满目，挂在那里的东西，果然是件件精致，不像是乡下人家的俗恶的客厅。尤其使我看得有趣的，是陈豪写的一堂《归去来辞》的屏条，墨色的鲜艳，字迹的秀腴，有点像董香光而更觉得柔媚。翁家的世代书香，只须上这客厅里来一看就可以知道了。我立在那里看字画还没有看得周全，忽而背后门外老远的就飞来了几声叫声：

“老郁！老郁！你来得真快！”

翁则生从小学校里跑回来了，平时总很沉静的他，这时候似乎也感到了一点兴奋。一走进客堂，他握住了我的两手，尽在喘气，有好几秒钟说不出话来。等落在后面的他娘走到的时候，三人才各放声大笑了起来。这时候他妹妹也已经将茶烧好，在一个朱漆盘里放着三碗搬出来摆上桌子来了。

“你看，则生这小孩，他一听见我说你到了，就同猴子似的跳回来了。”他娘笑着对我说。

“老翁！说你生病生病，我看你倒仍旧不见得衰老得怎么样，两人比较起来，怕还是我老得多哩？”

我笑说着，将脸朝向了他的妹妹，去征她的同意。她笑着不说话，只在守视着我们的欢喜笑乐的样子。则生把头一扭，向她娘指一指，就接着对我说：

“因为我们的娘在这里，所以我不敢老下去吓。并且媳妇儿也还不曾娶到，一老就得做老光棍了，那还了得！”

经他这么一说，四个人重又大笑起来了，他娘的老眼里几乎笑出了眼泪。则生笑了一会，就重新想起了似的替他妹妹介绍：

“这是我的妹妹，她的事情，你大约是晓得的罢？我在那信里是写得很详细的。”

“我们可不必你来介绍了，我上这儿来，头一个见到的就是她。”

“噢，你们倒是有缘啊！莲，你猜这位郁先生的年纪，比我大呢，还是比我小？”

他妹妹听了这一句话，面色又涨红了，正在嗫嚅困惑的中间，她娘却止住了笑，问我说：

“郁先生，大约是和则生上下年纪罢？”

“那里的话，我要比他大得多哩。”

“娘，你看还是我老呢，还是他老？”

则生又把这问题转向了他的母亲。他娘仔细看了我一眼，就对他笑骂般的说：

“自然是郁先生来得老成稳重，谁更像你那样的不脱小孩脾气呢！”

说着，她就走近了桌边，举起茶碗来请我喝茶。我接过来喝了一口，在茶里又闻到了一种实在是令人欲醉的桂花香气。掀开了茶碗盖，我俯首向碗里一看，果然在绿莹莹的茶水里散点着有一粒一粒的金黄的花瓣。则生以为我在看茶叶，自己拿起了一碗喝了一口，他就对我说：

“这茶叶是我们自己制的，你说怎么样？”

“我并不在看茶叶，我只觉这触鼻的桂花香气，实在可爱得很。”

“桂花吗？这茶叶里的还是第一次开的早桂，现在在开的迟桂花，才有味哩！因为开得迟，所以日子也经得久。”

“是的是的，我一路上走来，在以桂花著名的满觉陇里，倒闻不着桂花的香气。看看两旁的树上，都只剩了一簇一簇的淡绿的桂花托子了，可是到了这里，却同做梦似地，所闻吸的尽是这种浓艳的气味。老翁，你大约是已经闻惯了，不觉得什么罢？我……我……”

说到了这里，我自家也忍不住笑了起来。则生尽管在追问我，“你怎么样？你怎么样？”到了最后，我也只好说了：

“我，我闻了，似乎要起性欲冲动的样子。”

则生听了，马上就大笑了起来，他的娘和妹妹虽则并没有明确地了解我们的说话的内容，但也晓得我们是在说笑话，母女俩便含着微笑，上厨下去预备晚饭去了。

我们两人在客厅上谈谈笑笑，竟忘记了点灯，一道银样的月光，从门里洒进来了。则生看见了月亮，就站起来想去拿煤油灯，我却止住了他，说：

“在月光底下清淡，岂不是很好么？你还记不记得起，那一年在井之头公园里的一夜游行？”

所谓那一年者，就是翁则生患肺病的那一年秋天。他因为用功过度，变成了神经衰弱症。有一天，他课也不去上，竟独自一个在公寓里发了一天的疯。到了傍晚，他饭也不吃，从公寓里跑出去了。我接到了公寓主人的注意，下学回来，就远远地在守视着他，看他走出了公寓，就也追踪着他，远远地跟他一道到了井之头公园。从东京到井之头公园去的高架电车，本来是有前后的两乘，所以在电车上，我和他并不遇着。直到下车出车站之后，我假装无意中和他冲见了似的同他招呼了。他红着双颊，问我这时候上这野外来干什么，我说是来看月亮的，记得那一晚正是和这天一样地有月亮的晚上。两人笑了一笑，就一道的在井之头公园的树林里走到了夜半方才回来。后来听他的自白，他是在那一天晚上想到井之头公园去自杀的，但因为遇见了我，谈了半夜，胸中的烦闷，有一半消散了，所以就同我一道又转了回来。“无限胸中烦闷事，一宵清话又成空！”他自白的时候，还念出了这两句诗来，借作解嘲。以后他就因伤风而发生肺炎，肺炎愈后，就一直的为结核菌所压倒了。

谈了许多怀旧谈后，话头一转，我就提到了他的这一回的喜事。

“这一回的喜事么？我在那信里也曾和你说过。”

谈话的内容，一从空想追怀转向了现实，他的声气就低下了去，又回复了他旧日的沉静的态度。

“在我是无可无不可的，对这事情最起劲的，倒是我的那位年老的娘，这一回的一切准备麻烦，都是她老人家在替我忙的。这半个月中间，她差不多日日跑城里。现在是已经弄得完完全全，什么都预备好了，明朝一日，就要来搭灯彩，下午是女家送嫁妆来，后天就是正日。可是老郁，有一件事情，我觉得很难受，就是莲儿——这是我妹妹的小名——近来，似乎是很不高兴的样子，她话虽则不说，但因为她是很天真的缘故，所以在态度上表情上处处我都看得出来。你是初同她见面，所以并不觉得什么，平时她着实要活泼哩，简直活泼得同现代的那些时髦女郎一样，不过她的活泼是天性的纯真，而那些现代女郎，却是学来的时髦。……按说哩，这心绪的恶劣，也是应该的，她虽则是一个纯真的小孩子，但人非木石，究竟总有一点感情，看到了我们这里的婚事热闹，无论如何，总免不得要想起她自己的身世凄凉的。并且还有一个最重要的动机，仿佛是她觉得自己今后的寄身无处。这儿虽是娘家，但她却是已经出过嫁的女儿了，哥哥讨了嫂嫂，她还有什么权利再寄食在娘家呢？所以我当这婚事在谈起的当初，就一次两次的对她说过了，不管它怎样，她总是我的妹妹，除非她要再嫁，则没有话说，要是不然的话，那她是一辈子有和我同居，和我对分财产的权利的，请她千万不要自己感到难过。这一层意思，她原也明白，我的性情，她是晓得的，可是不晓得怎么，她近来似乎总有点不大安闲的样子。你来得正好，顺便也可以劝劝她。并且明天发嫁妆结灯彩之类的事情，怕她看了又要想到自己的身世，我想明朝一早就叫她陪你出去玩去，省得她在家里一个人在暗中受苦。”

“那好极了，我明天就陪她出去玩一天回来。”

“那可不对，假使是你陪她出去玩的话，那是形迹更露，愈加要使她难堪了。非要装作是你要她去作陪不行。仿佛是你想出去玩，但我却没有工夫陪你，所以只好勉强请她和你一道出去。要这样，她才安家逸。”

“好，好，就这么办，明天我要她陪我去逛五云山去。”

正谈到这里，他的那位老母从客室后面的那扇侧门里走出来了，看到了我们坐在微明灰暗的客室里谈天，她又笑了起来说：

“十几年不见的一段总账，你们难道想在这几刻功夫里算它清来么？有什么话谈得那么起劲，连灯都忘了点一点？则生，你这孩子真像是疯了，快立起来，把那盏保险灯点上。”

说着她又跑回到了厨下，去拿也一盒火柴出来。则生爬上桌子，在点那盏悬在客室正中的保险灯的时候，她就问我吃晚饭之先，要不要喝酒。则生一边在点灯，一边就从肩背上叫他娘说：

“娘，你以为他也是肺痨鬼么？郁先生是以喝酒出名的。”

“那么你快下来去开坛去罢，今天挑来的是那两坛酒，不晓得好不好，请郁先生尝尝看。”

他娘听了他的话后，就也昂起了头，一面在看他点灯，一则在催他下来去开酒去。

“幸而是酒，请郁先生先尝一尝新，倒还不要紧，要是新娘子，那可使不得。”

他笑说着从桌子上跳了下来，他娘眼睛望着了我，嘴唇却朝着了他啐了一声说：

“你看这孩子，说话老是这样不正经的！”

“因为他要做新郎官了，所以在高兴。”

我也笑着对他娘说了一声，旋转身就一个踱出了门外，想看一看这翁家山的秋夜的月明，屋内且让他们母子俩去开酒去。

月光下的翁家山，又不相同了。从树枝里筛下来的千条万条银线，像电影里的白天的外景。不知躲在什么地方的许多秋虫的鸣唱，骤听之下，满以为在下急雨。白天的热度，日落之后，忽然收敛了，于是草木很多的这深山顶上，就也起了一层白茫茫的透明雾障。山上电灯线似乎还没有接上，远近一家一家看得见的几点煤油灯光，仿佛是大海湾里的渔灯野火。一种空山秋夜的沉默的感觉，处处在高压着人，使人肃然会起一种畏敬之思。我独立在庭前的月光亮里看了小几分钟，心里就有点寒竦竦的怕了起来，回身再走回客室，酒茶杯筷，都已热气蒸腾的摆好在那里候客了。

四个人当吃晚饭的中间，则生又说了许多笑话。因为在前回听取一番他所告诉我的衷情之后，我于举酒杯的瞬间，偷眼向她妹妹望望，觉得在她的柔和的笑脸上，的确似乎是有一种说不出的悲寂的表情流露出那里的样子。这一餐晚饭，吃尽了许多时间，我因为白天走路走得不少，而谈话之后又感到了一点兴奋，肚子有点饿了，所以酒和菜，竟吃得比平时要多一倍。到了最后将快吃完的当儿，我就向则生提出说：

“老翁，五云山我倒还没有去玩过，明天你可不可以陪我一道去玩一趟？”

则生仍复以他的那种滑稽的口吻回答我说：

“到了结婚的前一日，新郎官哪里走得开呢，还是改天再去罢。等新娘子来了之后，让新郎新娘抬了你去烧香，也还不迟。”

我却仍复主张着说，明天非去不行。则生就说：

“那么替你去叫一顶轿子来，你坐了轿子去，横竖是明天轿夫会来的。”

“不行不行，游山玩山，我是喜欢走的。”

“你认得路么？”

“你们这一种乡下的僻路，我哪里会认得呢？”

“那就怎么办呢？……”

则生抓着头皮，脸上露出了一脸为难的神气。停了一二分钟，他就举目向他的妹妹说：

“莲，你怎么样！你是一位女豪杰，走路又能走，地理又熟悉，你替我陪了郁先生去怎么样？”

他妹妹也笑了起来，举起眼睛来向她娘看了一眼。接着她娘就说：

“好的，莲，还是你陪了郁先生去罢，明天你大哥是走不开的。”

我一看她脸上的表情，似乎已经有了答应的意思了，所以又追问了她一声说：

“五云山可着实不近哩，你走得动的么？回头走到半路，要我来背，那可办不到。”

她听了这话，就真同从心坎里笑出来的一样笑着说：

“别说五云山，就是老东岳，我们也一天要往返两次哩。”

从她的红红的双颊，挺突的胸脯，和肥圆的肩臂看来，这句话也绝不是她夸的大口。吃完晚饭，又谈了一阵闲天，我们因为明天各有忙碌的操作在前，所以一早就分头到房里去睡了。

山中的清晓，又是一种特别的情景。我因为昨天夜里多喝了一点酒，上床去一睡，就同大石头掉下海里似的，一直就酣睡到了天明。窗外面吱吱唧唧的鸟声喧噪得厉害，我满以为还是夜半，月明将野鸟惊醒了，但睁开眼掀开帐子来一望，窗内窗外已饱浸着晴天爽朗的清晨光线，窗子上面的一角，却已经有一楼朝阳的红箭射到了。急忙滚出了被窝，穿起衣服，跑下楼去一看，他们母子三人，也已梳洗得妥妥服服，说是已经做了个把钟头的事情之后。平常他们总是于五点钟前后起床的。这一种日出而作、日入而息的山中住民的生活秩序，又使我对他们感到了无穷的敬意。四人一道吃过了早餐，我和则生的妹妹，就整了一整行装，预备出发。临行之际，他娘又叫我等一下子，她很迅速地跑上楼去取了一枝黑漆手杖下来，说，这是则生生病的时候用过的，走山路的时候，用它来撑扶撑扶，气力要省得多。我谢过了她的好意，就让则生的妹妹上前带路，走出了他们的大门。

早晨的空气，实在澄鲜得可爱。太阳已经升高了，但它的领域，还只限于屋檐、树梢、山顶等突出的地方。山路两旁的细草上，露山还没有干，而一味清凉触鼻的绿色草气，和入在桂花香味之中，闻了好像是宿梦也能摇醒的样子。起初还在翁家山村内走着，则生的妹妹，对村中的同性，三步一招呼，五步一立谈的应接得忙不暇。走尽了这村子的最后一家，沿了入谷的一条石板路走上下山面的时候，遇见的人也没有了，前面眺望，也转换了一个样子。朝我们去的方向看去，原又是冈峦的起伏和别墅的纵横，但稍一住脚，掉头

向东面一望，一片同呵了一口气的镜子似的湖光，却躺在眼下了。远远从两山之间的谷顶望去，并且还看得出一角城里的人家，隐约藏躲在尚未消尽的湖雾当中。

我们的路先朝西北，后又向西南，先下了山坡，后又上了山背，因为今天有一天的时间，可以供我们消磨，所以一离了村境，我就走得特别的慢。每这里看看，那里看看的看个不住。若看见了一件稍可注意的东西，那不管它是风景里的一点一堆，一山一水，或植物界的一草一木与动物界的一鸟一虫，我总要拉住了她。寻根究底的问得它仔仔细细。说也奇怪，小时候只在村里的小学校里念过四年书的她——这是她自己对我说——对于我所问的东西，却没有一样不晓得的。关于湖上的山水古迹，庙宇楼台哩，那还不要去管它，大约是生长在西湖附近的人，个个都能够说出一个大概来的，所以她的知道得那么详细，倒还在情理之中，但我觉得最奇怪的，却是她的关于这西湖附近的区域之内的种种动植物的知识。无论是如何小的一只鸟，一个虫，一株草，一棵树，她非但各能把它们的名字叫出来，并且连几时孵化，几时他迁，几时鸣叫，几时脱壳，或几时开花，几时结实，花的颜色如何，果的味道如何等，都说得非常有趣而详尽，使我觉得仿佛是在读一部活的桦候脱的《赛儿鹏自然史》（G.White’s《NaturalHistoryandAntiquitiesofSelborne》）。而桦候脱的书，却绝没有叙述得她那么朴质自然则富于刺激，因为听听她那种舒徐清澈的语气，看看她那一双天生成像饱使过耐吻胭脂般的红唇，更加上了以她所特有的那一脸微笑，在知识分子之外还不得不添一种情地成分上去，于书的趣味之上更要兼一层人的风韵在里头。我们慢慢的谈着天，走着路，不上一个钟头的光景，我竟恍恍惚惚，像又回复了青春时代似的完全为她迷倒了。

好的身体，也真发育得太完全，穿的虽是一件乡下裁缝做的不大合适的大绸夹袍，但在我的前面一步一步的走去，非但她的肥突的后部，紧密的腰部，和斜圆的胫部的曲线，看得要簇生异想，就是她的两只圆而且软的肩膊，多看一歇，也要使我贪鄙起来。立在她的前面和她讲话哩，则那一双水汪汪的大眼，那一个隆正的尖鼻，那一张红白相间的椭圆嫩脸，和因走路走得气急，一呼一吸涨落得特别快的那个高突的胸脯，又要使我恼杀。还有她那一头不曾剪去的黑发哩，梳的虽然是一个自在的懒髻，但一映到了她那个圆而且白的额上，和短而且腴的颈际，看起来，又格外的动人。总之，我在昨天晚上，不曾在她身上发现的康健和自然的美点，今天因这一加的游山，完全被我观察到了。此外我又在她的谈话之中，证实了翁则生也和我曾经讲到过的她的生性的活泼与天真。譬如我问她今年几岁了？她说，二十八岁。我说这真看不出，我起初还以为你只有二十三四岁，她说，女人不生产是不大会老的。我又问她，对于则生这一回的结婚，你有点什么感触？她说，另外也没有什么，不过以后长住在娘家，似乎有点对不起大哥和大嫂。像这一类的纯粹真率的谈话，我另外还听取了许多许多，她的朴素的天性，真真如翁则生之所说，是一个永久的小孩子的天性。

爬上了龙井狮子峰下的一处平坦的山顶，我于听了一段她所讲的如何栽培茶叶，如何摘取焙烘，与那时候的山家生活的如何紧张而有趣的故事之后，便在路旁的一块大岩石上坐下来了。遥对着在晴天下太阳光是躺着的杭州城市，和近水遥山，我的双眼只凝视着苍空的一角，有半晌不曾说话。一边在我的脑里，却只在回想着德国的一位名延生（Jenson）

的作家所著的一部小说《野紫薇立喀》(《DieBrauneErika》)。这小说后来又有一位英国的作家哈特生（Hodson）摹仿了，写了一部《绿阴》（《GreenMansions》）。两部小说里所描写的，都是一个极可爱的生长在原野里的天真的女性，而女主人公的结果，后来都是不太好的。我沉默着痴想了许久，她却从我背后用了她那只肥软的右手很自然地搭上了我的肩膀。

“你一声也不响的在那里想什么？”

我就伸上手去把她的那只肥手捏住了，一边就扭转了头微笑着看入了她的那双大眼，因为她是坐在我的背后的。我捏住了她的手又默默地对她注视了一分钟，但她的眼里脸上却丝毫也没有羞惧兴奋的痕迹出现，她的微笑，还依旧同平时一点儿也没有什么的笑容一样。看了我这一种奇怪的形状，她过了一歇，反又很自然的问我说：

“你究竟在那里想什么？”

倒是我被她问得难为情起来了，立时觉得两颊就潮热了起来。先放开了那只被我捏住在那儿的她的手，然后干咳了两声，最后我就鼓动了勇气，发了一声同被绞出来似的笑语：

“我……我在这儿想你！”

“是在想我的将来如何的和他们同住么？”

她的这句反问，又是非常的率真而自然，满以为我是在为她设想的样子。

我只好沉默着把头点了几点，而眼睛里却酸溜溜的觉得有点热起来了。

“啊，我自己倒并没有想得什么伤心，为什么，你，你却反而为我流起眼泪来了呢？”

她像吃了一惊似的立了起来问我，同时我也立起来了，且在将身体起立的行动当中，乘机拭去了我的眼泪。我的心地开朗了，欲情也净化了，重复向南慢慢走上岭去的时候，我就把刚才我所想的心事，尽情告诉了她。我将那两部小说的内容讲给了她听，我将我自己的邪心说出来，我对于我刚才所触动的那一种自己的心情，更下了一个严正的批判，末后，便这样的对她说：

“对于一个洁白得同白纸似的天真小孩，而加以玷污，是不可赦免的罪恶。我刚才的一念邪心，几乎要使我犯下这个大罪了。幸亏是你的那颗纯洁的心，那颗同高山上的深雪似的心，却救我出了这一个险。不过我虽则犯罪的形迹没有，但我的心，却是已经犯过罪的。所以你要罚我的话，就是处我以死刑，我也毫无悔恨。你若以为我是那样卑鄙，而将来永没有改善的希望的话，那今天晚上回去之后，向你大哥母亲，将我的这一种行为宣布了也可以。不过你若以为这是我的一时糊涂，将来是永远也不会再犯的话，那请你相信我的誓言，以后请你当我作你大哥一样那么的看待，你若有急有难，有不了的事情，我总情愿以死来代替着你。”

当我在对她作这些忏悔的时候，两人起初是慢慢在走的，后来又在路旁坐下了。说到了最后的一节，倒是她反同小孩子似的发着抖，捏住了我的两手，倒入了我的怀里。呜呜咽咽地哭了起来。我等她哭了一阵之后，就拿出了一块手帕来替她揩干了眼泪，将嘴唇轻轻地搁到了她的头上。两人偎抱着沉默了好久，我又把头俯了下去，问她，我所说的这段话的意思，究竟明白了没有。她眼看着了地上，把头点了几点。我又追问了她一声：

“那么你承认我以后做你的哥哥了不是？”

她又俯视着把头点了几点，我撒开了双手，又伸出去把她的头捧了起来，使她的脸正对着了我。对我凝视了一会，她的那双泪珠还没有收尽的水汪汪的眼睛，却笑起来了。我乘势把她一拉，就同她搀着手并立了起来。

“好，我们是已经决定了，我们将永久地结作最亲爱最纯洁的兄妹。时候已经不早了，让我们快一点走，赶上五云山去吃午饭去。”

我这样说着，搀着她向前一走，她也恢复了早晨刚出发的时候的元气，和我并排着走向了前面。

两人沉默着向前走了几十步之后，我侧眼向她一看，同奇迹似的忽而在她的脸上看出了一层一点儿忧虑也没有的满含着未来的希望和信任的圣洁的光耀来。这一种光耀，却是我在这一刻以前的她的脸上从没有看见过的。我愈看愈觉得对她生起敬爱的心思来了，所以不知不觉，在走路的当中竟接连着看了她好几眼。本来只是笑嘻嘻地在注视着前面太阳光里的五云山的白墙头的她，因为我的脚步的迟乱，似乎也感觉到了我的注意力的分散了，将头一侧，她的双眼，却和我的视线接成了两条轨道。她又笑起来了，同时也放慢了脚步。再向我看了一眼，她才腼腆地开始问我说：“那我以后叫你什么呢？”

“你叫则生叫什么，就叫我也叫什么好了。”

“那么——大哥！”

大哥的两字，是很急速的紧连着叫出来的，听到了我的一声高声的“啊！”的应声之后，她就涨了脸，撒开了手，大笑着跑上前面去了。一面跑，一面她又回转头来，“大哥！”“大哥！”的接连叫了我好几声。等我一面叫她别跑，一面我自已也跑着追上了她背后的时候，我们的去路已经变成了一条很窄的石岭，而五云山的山顶，看过去也似乎是很近了。仍复了平时的脚步，两人分着前后，在那条窄岭上缓步的当中，我才觉得真真是成了她的哥哥的样子，满含着了慈爱，很正经地吩咐她说：

"走得小心，这一条岭多么险啊！"

走到了五云山的财神殿里，太阳刚当正午，庙里的人已经在那里吃晚饭了。我们因为在太阳底下的半天行路，口已经干渴得像旱天的树木一样，所以一进客堂去坐下，就教他们先起茶来，然后再开饭给我们吃。洗了一个手脸，喝了两三碗清茶，静坐了十几分钟，两人的疲劳兴奋，都已平复了过去，这时候饥饿却抬起头来了，于是就又催他们快点开饭。这一餐只我和她两人对食的五云山上的中餐，对于我正敌得过英国诗人所幻想着的亚力山大王的高宴。若讲到心境的满足，和谐，与食欲的高潮亢进，那恐怕亚力山大王还不及当时的我。

吃过午饭，管庙的和尚又领我们上前后左右去走了一圈。这五云山，实在是高，立在庙中阁上，开窗向东北一望，湖上的群山，都像青色的土堆了。本来西湖的山水的妙处，就在于它的比舞台上的布景又真实伟大一点，而比各处的名山大川又同盆景似的整齐渺小一点这地方。而五云山的气概，却又完全不同了。以其山之高与境的僻，一般脚力不健的游人是不会到的，就在这一点上，五云山已略备着名山的资格了，更何况前面远处，蜿蜒盘曲在青山绿野之间的，是一条历史上也着实有名的钱塘江水呢？所以若把西湖的山水，比作一只锁在铁笼子里的白熊来看，那这五云山峰与钱塘江水，便是一只深山的野鹿。笼里的白熊，是只能满足满足胆怯无力者的冒险雄心的；至于深山的野鹿，虽没有高原的狮虎那么雄壮，但一股自由奔放之情，却可以从它那里摄取得来。

我们在五云山的南面又看了一会钱塘江上的帆影与青山，就想动身上我们的归路了，可是举起头来一望，太阳还在中天，只西偏了没有几分。从此地回去，路上若没有耽搁，是不消两个钟头就能到翁家山上的；本来是打算出来把一天光阴消磨过去的我们，回去得这样的早，岂不是辜负了这大好的时间了么？所以走到五云山西南角的一条狭路边上的时候，我就又立了下来，拉着了她的手亲亲热热地问了她一声：

"莲，你还走得动走不动？"

"起码三十里路总还可以走的。"

她说这句话的神气，是富有着自信和决断，一点也不带些夸张卖弄的风情，真真是自然到了极点，所以使我看了不得不伸上手去，向她的下巴底下拨一拨。她怕痒，缩着头颈笑起来了，我也笑开了大口，对她说：

"让我们索性上云栖去罢！这一条是去云栖的便道，大约走下去，总也没有多少路的，你若是走不动的话，我可以背你。"

两人笑着说着，似乎只转瞬之间，已经把那条狭窄的下山便道走尽了大半了。山下面尽是些绿玻璃似的翠竹，西斜的太阳晒到了这条坞里，一种又清新又寂静的淡绿色的光同清水一样，满浸在附近的空气里在流动。我们到了云栖寺里坐下，刚喝完了一碗茶，忽而前面的大殿上，有嘈杂的人声起来了，接着就走进了两位穿着分外宽大的黑布和尚衣的老僧来。知客僧便指着他们夸耀似的对我们说：

"这两位高僧，是我们方丈的师兄，年纪都快八十岁了，是从城里某公馆里回来的。"

城里的某巨公，的确是一位佞佛的先锋，他的名字，我本系也听见过的，但我以为同和尚来谈这些俗天，也不大相称，所以就把话头扯了开去，问和尚大殿上的嘈杂的人声，是为什么而起的。知客僧轻鄙似的笑了一笑说：

“还不是城里的轿夫在敲酒钱，轿钱是公馆里付了来的，这些穷人心实心太凶。”

这一个伶俐世俗的知客僧的说话，我实在听得有点厌起来了，所以就要求他说：

“你领我们上寺前寺后去走走罢？”

我们看过了“御碑”及许多石刻之后，穿出大殿，那几个轿夫还在咕噜着没有起身。我一半也觉得走路走得太多了，一半也想给那个知客僧以一点颜色看看，所以就走了上去对轿夫说：

“我给你们两块钱一个人，你们抬我们两人回翁家山去好不好？”

轿夫们喜欢极了，同打过吗啡针后的鸦片嗜好者一样，立时将态度一变，变得有说有笑了。

知客僧又陪我们到了寺外的修竹丛中，我看了竹上的或刻或写在那里的名字诗句之类，心里倒有点奇怪起来，就问她这是什么意思。于是他也同轿夫他们一样，笑迷迷地对我说了一大串话。我听了他的解释，倒也觉得非常有趣，所以也就拿出了五圆纸币，递给了他，说：

“我们也来买两枝竹放放生罢！”

说着我就向立在我旁边的她看了眼，她却正同小孩子得到了新玩意儿还不敢去抚摸的一样，微笑着靠近了我的身边轻轻地问我：

“两枝竹上，写什么名字好？”

“当然是一枝上写你的，一枝上写我的。”

她笑着摇摇头说：

“不好，不好，写名字也不好，两个人分开了写也不好。”

“那么写什么呢？”

“只教把今天的事情写下去就对。”

我静立着想了一会，恰好那知客僧向寺里去拿的油墨和笔也已经拿到了。我拣取了两株并排着的大竹，提起笔来，就各写上了“郁翁兄妹放生之竹”的八个字。将年月日写完之后，我搁下了笔，回头来问她八个字怎么样，她真像是心花怒放似的笑着，不说话而尽在点头。在绿竹之下的这一种她的无邪的憨态，又使我深深地，深深地受到了一个感动。

坐上轿子，向西向南的在竹荫之下走了六七里坂道，出梵村，到闸口西首，从九溪口折入九溪十八涧的山坳，登杨梅岭，到南高峰下的翁家山的时候，太阳已经悬在北高峰与天竺山的两峰之间了。他们的屋里，早已挂上了满堂的灯彩，上面的一对红灯，也已经点尽了一半的样子。嫁妆似乎已经在新房里摆好，客厅上看热闹的人，也早已散了。我们轿子一到，则生和他的娘，就笑着迎了出来，我付过轿钱，一踱进门槛，他娘就问我说：

“早晨拿出去的那枝手杖呢？”

我被她一问，方才想起，便只笑着摇摇头对她慢声的说：

“那一枝手杖么——做了我的祭礼了。”

“做了你的祭礼？什么祭礼？”则生惊疑似的问我。

“我们在狮子峰下，拜过天地，我已经和你妹妹结成了兄妹了。那一枝手杖，大约是忘记在那块大岩石的旁边的。”

正在这个时候，先下轿而上楼去换了衣服下来的他的妹妹，也嬉笑着，走到了我们的旁边。则生听了我的话后，就也笑着对他的妹妹说：

“莲，你们真好！我们倒还没有拜堂，而你和老郁，却已经在狮子峰拜过天地了，并且还把我的一枝手杖忘掉，作了你们的祭礼。娘！你说这事情应怎么罚罚他们？”

经他这一说，说得大家都笑了起来，我也情愿自己认罚，就认定后日房，算作是一个人的东道。

这一晚翁家请了媒人，及四五个近族的人来吃酒，我的新郎官，在下面奉陪。做媒人的那位中老乡绅，身体虽则并不十分肥胖，但相貌态度，却也是很富裕的样子。我和他两人干杯，竟干满了十八九杯。因酒有点微醉，而日里的路，也走得很多，所以这一晚睡得比前一晚还要沉熟。

九月十二的那一天结婚正日，大家整整忙了一天。婚礼虽系新旧合参的仪式，但因两家都不喜欢铺张，所以百事也还比较简单。午后五时，新娘轿到，行过礼后，那位好好先生的媒人硬要拖我出来，代表来宾，说几句话。我推辞不得，就先把我和则生在日本念书时候的交情说了一说，末了我就想起了则生同我说的迟桂花的好处，因而就抄了他的一段来恭祝他们：

“则生前天对我说，桂花开得愈迟愈好，因为开得迟，所以经得日子久。现在两位的结婚，比较起平常的结婚年龄来，似乎是觉得大一点了，但结婚结得迟，日子也一定经得久。明年迟桂花开的时候，我一定还要上翁家山来。我预先在这儿计算，大约明年来的时候，在这两株迟桂花的中间，总已经有一株早桂花发出来了。我们大家且等着，等到明年这个时候，再一同来吃他们的早桂的喜酒。”

说完之后，大家就坐拢来吃喜酒。猜猜拳，闹闹房，一直闹到了半夜，各人方才散去。当这一日的中间，我时时刻刻在注意偷看则生的妹妹的脸色，可是则生所说而我也曾看到过的那一种悲寂的表情，在这一日当中却终日没有在她的脸上流露过一丝痕迹。这一日，她笑的时候，真是乐得难耐似的完全是很自然的样子。因为她的这一种心情的反射的结果，我当然可以不必说，就是则生和他的母亲，在这一日里，也似乎是愉快到了极点。

因为两家都喜欢简单成事的缘故，所以三朝回郎等繁缛的礼节，都在十三那一天白天行完了，晚上房，总算是我的东道。则生虽则很希望我在他家多住几日，可以和他及他的妹妹谈谈笑笑，但我一则因为还有一篇稿子没有做成，想另外上一个更僻静点的地方去做文章，二则我觉得这一次吃喜酒的目的也已经达到了，所以在房的翌日，就离开翁家山去乘早上的特别快车赶回上海。

送我到车站的，是翁则生和他的妹妹两个人。等开车的信号钟将打，而火车的机头上在吐白烟的时候，我又从车窗里伸出了两手，一只捏着了则生，一只捏着了他的妹妹，很重很重的捏了一回，汽笛鸣后，火车微动了，他们兄妹又随车前走了许多步，我也俯出了头，叫他们说：

“则生！莲！再见，再见！但愿得我们都是迟桂花！”

火车开出了老远老远，月台上送客的人都回去了，我还看见他们兄妹俩直立在东面月台蓬外的太阳光里，在向我挥手。

断魂枪

——老舍

“生命是闹着玩，事事显出如此；从前我这么想过，现在我懂得了。”

沙子龙的镖局已改成客栈。

东方的大梦没法子不醒了。炮声压下去马来与印度野林中的虎啸。半醒的人们，揉着眼，祷告着祖先与神灵；不大会儿，失去了国土、自由与权利。门外立着不同面色的人，枪口还热着。他们的长矛毒弩，花蛇斑彩的厚盾，都有什么用呢；连祖先与祖先所信的神明全不灵了啊！龙旗的中国也不再神秘，有了火车呀，穿坟过墓的破坏着风水。枣红色多穗的镖旗，绿鲨皮鞘的钢刀，响着串铃的口马，江湖上的智慧与黑话，义气与声名，连沙子龙，他的武艺，事业，都梦似的变成昨夜的。今天是火车，快枪，通商与恐怖。听说，有人还要杀下皇帝的头呢！

这是走镖已没有饭吃，而国术还没被革命党与教育家提倡起来的时候。

谁不晓得沙子龙是利落，短瘦，硬棒，两眼明得像霜夜的大星？可是，现在他身上放了肉。镖局改了客栈，他自已在后小院占着三间北房，大枪立在墙角，院子里有几只楼鸽。只是在夜间，他把小院的门关好，熟习熟习他的“五虎断魂枪”。这条枪与这套枪，二十年的工夫，在西北一带，给他创出来“神枪沙子龙”五个字，没遇见过敌手。现在，这条枪与这套枪不会再替他增光显胜了；只是摸摸这凉、滑、硬而发颤的杆子，使他心中少难过一些而已。只有在夜间独自拿起枪来，才能相信自己还是“神枪沙”。在白天，他不大谈武艺与往事；他的世界已被狂风吹了走。

在他手下创练起来的少年们还时常来找他。他们大多数是没落了的，都有点武艺，可是没地方去用。有的在庙会上去卖艺：踢两趟腿，练套家伙，翻几个跟头，附带着卖点大力丸，混个三吊两吊的。有的实在闲不起了，去弄筐果子，或挑些毛豆角，赶早儿在街上论斤吆喝出去。那时候米贱肉贱，肯卖膀子力气本来可以混个肚儿圆；他们可是不成：肚量既大，而且得吃口管事儿的；干饽饽、辣饼子咽不下去。况且他们还时常去走会：五虎棍，开路，太狮少狮……虽然算不了什么——比起走镖来——可是到底有个机会活动活动，露露脸。是的，走会捧场是买脸的事，他们打扮的得像个样儿，至少得有条青洋绉裤子，新漂白细市布的小褂，和一双鱼鳞洒鞋——顶好是青缎子抓地虎靴子。他们是神枪沙子龙的徒弟——虽然沙子龙并不承认——得到处露脸，走会得赔上俩钱，说不定还得打场架。没钱，上沙老师那里去求。沙老师不含糊，多少不拘，不让他们空着手儿走。可是，为打架或献技去讨教一个招数，或是请给说个对子——什么空手夺刀，或虎头钩进枪——沙老师有时说句笑话，马虎过去：“教什么？拿开水浇吧！”有时直接把他们逐出去。他们不大明白沙老师是怎么了，心中也有点不乐意。

可是，他们到处为沙老师吹腾，一来是愿意使人知道他们的武艺有真传授，受过高人的指教；二来是为激动沙老师：万一有人不服气而找上老师来，老师难道还不露一两手真的么？所以：沙老师一拳就砸倒了个牛！沙老师一脚把人踢到房上去，并没使多大的劲！他们谁也没见过这种事，但是说着说着，他们相信这是真的了，有年月，有地方，千真万确，敢起誓！

王三胜——沙子龙的大伙计——在土地庙拉开了场子，摆好了家伙。抹了一鼻子茶叶末色的鼻烟，他抡了几下竹节钢鞭，把场子打大一些。放下鞭，没向四围作揖，叉着腰念了两句："脚踢天下好汉，拳打五路英雄！"向四围扫了一眼："乡亲们，王三胜不是卖艺的；玩艺儿会几套，西北路上走过镖，会过绿林中的朋友。现在闲着没事，拉个场子陪诸位玩玩。有爱练的尽管下来，王三胜以武会友，有赏脸的，我陪着。神枪沙子龙是我的师傅；玩艺地道！诸位，有愿下来的没有？"他看着，准知道没人敢下来，他的话硬，可是那条钢鞭更硬，十八斤重。

王三胜，大个子，一脸横肉，努着对大黑眼珠，看着四围。大家不出声。他脱了小褂，紧了紧深月白色的腰里硬，把肚子杀进去。给手心一口吐沫，抄起大刀来：

"诸位，王三胜先练趟瞧瞧。不白练，练完了，带着的扔几个；没钱，给喊个好，助助威。这儿没生意口。好，上眼！"

大刀靠了身，眼珠努出多高，脸上绷紧，胸脯子鼓出，像两块老桦木根子。一跺脚，刀横起，大红缨子在肩前摆动。削砍劈拔，蹲越闪转，手起风生，忽忽直响。忽然刀在右手心上旋转，身弯下去，四围鸦雀无声，只有缨铃轻叫。刀顺过来，猛的一个跺泥，身子直挺，比众人高着一头，黑塔似的。收了势："诸位！"一手持刀，一手叉腰，看着四围。稀稀的扔了几个铜钱，他点点头。"诸位！"他等着，等着，地上依旧是那几个亮而削薄的铜钱，外层的人偷偷散去。他咽了口气："没人懂！"他低声地说，可是大家全听见了。

"有功夫！"西北角上一个黄胡子老头儿答了话。

"啊？"王三胜好似没听明白。

"我说：你——有——功——夫！"老头子的语气很不得人心。

放下大刀，王三胜随着大家的头往西北看。谁也没看起这个老人：小干巴个儿，披着件粗蓝布大衫，脸上窝窝瘪瘪，眼陷进去很深，嘴上几根细黄胡，肩上扛着条小黄草辫子，有筷子那么细，而绝对不像筷子那么直顺。王三胜可是看出这老家伙有功夫，脑门亮，眼睛亮——眼眶虽深，眼珠可黑得像两口小井，深深的闪着黑光。王三胜不怕：他看得出别人有功夫没有，可更相信自己的本事，他是沙子龙手下的大将。

"下来玩玩，大叔！"王三胜说得很得体。

点点头，老头儿往里走。这一走，四外全笑了。他的胳臂不大动；左脚往前迈，右脚随着拉上来，一步步的向前拉扯，身子整着，像是患过瘫痪病。蹭到场中，把大衫扔在地上，一点没理会四围怎样笑他。

"神枪沙子龙的徒弟，你说？好，让你使枪吧；我呢？"老头子非常的干脆，很像久想动手。

人们全回来了，邻场耍狗熊的无论怎么敲锣也不中用了。

"三截棍进枪吧？"王三胜要看老头子一手，三截棍不是随便就拿得起来的家伙。

老头子又点点头，拾起家伙来。

王三胜努着眼，抖着枪，脸上十分难看。

老头子的黑眼珠更深更小了，像两个香火头，随着面前的枪尖儿转，王三胜忽然觉得不舒服，那俩黑眼珠似乎要把枪尖吸进去！四外已围得风雨不透，大家都觉出老头子确是有威。为躲那对眼睛，王三胜耍了个枪花。老头子的黄胡子一动："请！"王三胜一扣枪，向前躬步，枪尖奔了老头子的喉头去，枪缨打了一个红旋。老人的身子忽然活展了，将身微偏，让过枪尖，前把一挂，后把撩王三胜的手。拍，拍，两响，王三胜的枪撒了手。场外叫了好。王三胜连脸带胸口全紫了，抄起枪来；一个花子，连枪带人滚了过来，枪尖奔了老人的中部。老头子的眼亮得发着黑光；腿轻轻一屈，下把掩裆，上把打着刚要抽回的枪杆；拍，枪又落在地上。

场外又是一片彩声。王三胜流了汗，不再去拾枪，努着眼，木在那里。老头子扔下家伙，拾起大衫，还是拉拉着腿，可是走得很快了。大衫搭在臂上，他过来拍了王三胜一下：

"还得练哪，伙计！"

"别走！"王三胜擦着汗："你不离，姓王的服了！可有一样，你敢会会沙老师？"

"就是为会他才来的！"老头子的干巴脸上皱起点来，似乎是笑呢。"走，收了吧；晚饭我请！"

王三胜把兵器拢在一处，寄放在变戏法二麻子那里，陪着老头子往庙外走。后面跟着不少人，他把他们骂散。

"你老贵姓？"他问。

"姓孙哪，"老头子的话与人一样，都那么干巴。"爱练，久想会会沙子龙。"

沙子龙不把你打扁了！王三胜心里说。他脚底下加了劲，可是没把孙老头落下。他看出来，老头子的腿是老走着查拳门中的连跳步；交起手来，必定很快。但是，无论他怎么快，沙子龙是没对手的。准知道孙老头要吃亏，他心中痛快了些，放慢了些脚步。

“孙大叔贵处？”

“河间的，小地方。”孙老者也和气了些：“月棍年刀一辈子枪，不容易见功夫！说真的，你那两手就不坏！”

王三胜头上的汗又回来了，没言语。

到了客栈，他心中直跳，唯恐沙老师不在家，他急于报仇。他知道老师不爱管这种事，师弟们已碰过不少回钉子，可是他相信这回必定行，他是大伙计，不比那些毛孩子；再说，人家在庙会上点名叫阵，沙老师还能丢这个脸么？

“三胜，”沙子龙正在床上看着本《封神榜》，“有事吗？”

三胜的脸又紫了，嘴唇动着，说不出话来。

沙子龙坐起来，“怎么了，三胜？”

“栽了跟头！”

只打了个不甚长的哈欠，沙老师没别的表示。

王三胜心中不平，但是不敢发作；他得激动老师：“姓孙的一个老头儿，门外等着老师呢；把我的枪，枪，打掉了两次！”他知道“枪”字在老师心中有多大分量。没等吩咐，他慌忙跑出去。

客人进来，沙子龙在外间屋等着呢。彼此拱手坐下，他叫三胜去泡茶。三胜希望两个老人立刻交了手，可是不能不沏茶去。孙老者没话讲，用深藏着的眼睛打量沙子龙。沙很客气：

“要是三胜得罪了你，不用理他，年纪还轻。”

孙老者有些失望，可是看出沙子龙的精明。他不知怎样好了，不能拿一个人的精明断定他的武艺。“我来领教领教枪法！”他不由地说出来。

沙子龙没接碴儿。王三胜提着茶壶走进来——急于看二人动手，他没管水开了没有，就沏在壶中。

“三胜，”沙子龙拿起个茶碗来，“去找小顺们去，天汇见，陪孙老者吃饭。”

“什么？”王三胜的眼珠几乎掉出来。看了看沙老师的脸，他敢怒而不敢言的说了声“是啦！”走出去，撅着大嘴。

“教徒弟不易！”孙老者说。

“我没收过徒弟。走吧，这个水不开！茶馆去喝，喝饿了就吃。”沙子龙从桌子上拿起缎子褡裢，一头装着鼻烟壶，一头装着点钱，挂在腰带上。

“不，我还不饿！”孙老者很坚决，两个“不”字把小辫从肩上抡到后边去。

“说会子话儿。”

“我来为领教领教枪法。”

“功夫早搁下了，”沙子龙指着身上，“已经放了肉！”

“这么办也行，”孙老者深深地看了沙老师一眼：“不比武，教给我那趟五虎断魂枪。”

“五虎断魂枪？”沙子龙笑了：“早忘净了！早忘净了！告诉你，在我这儿住几天，咱们逛逛各处，临走，多少送点盘缠。”

“我不逛，也用不着钱，我来学艺！”孙老者立起来，“我练趟给你看看，看够得上学艺不够！”一屈腰已到了院中，把楼鸽都吓飞起去。拉开架子，他打了趟查拳：腿快，手飘洒，一个飞脚起去，小辫儿飘在空中，像从天上落下来一个风筝；快之中，每个架子都摆得稳，准，利落；来回六趟，把院子满都打到，走得圆，接得紧，身子在一处，而精神贯串到四面八方。抱拳收势，身儿缩紧，好似满院乱飞的燕子忽然归了巢。

“好！好！”沙子龙在台阶上点着头喊。

“教给我那趟枪！”孙老者抱了抱拳。

沙子龙下了台阶，也抱着拳：“孙老者，说真的吧；那条枪和那套枪都跟我入棺材，一齐入棺材！”

“不传？”

“不传！”

孙老者的胡子嘴动了半天，没说出什么来。到屋里抄起蓝布大衫，拉拉着腿：“打搅了，再会！”

“吃过饭走！”沙子龙说。

孙老者没言语。

沙子龙把客人送到小门，然后回到屋中，对着墙角立着的大枪点了点头。

他独自上了天汇，怕是王三胜们在那里等着。他们都没有去。

王三胜和小顺们都不敢再到土地庙去卖艺，大家谁也不再为沙子龙吹腾；反之，他们说沙子龙栽了跟头，不敢和个老头儿动手；那个老头子一脚能踢死个牛。不要说王三胜输给他，沙子龙也不是“个儿”。不过呢，王三胜到底和老头子见了个高低，而沙子龙连句硬话也没敢说。“神枪沙子龙”慢慢似乎被人们忘了。

夜静人稀，沙子龙关好了小门，一气把六十四枪刺下来；而后，拄着枪，望着天上的群星，想起当年在野店荒林的威风。叹一口气，用手指慢慢摸着凉滑的枪身，又微微一笑：“不传！不传！”

斯人独憔悴

——冰心

一个黄昏，一片极目无际绒绒的青草，映着半天的晚霞，恰如一幅图画。忽然一缕黑烟，津浦路的晚车，从地平线边蜿蜒而来。

头等车上，凭窗立着一个少年。年纪约有十七八岁。学生打扮，眉目很英秀，只是神色非常的沉寂，似乎有重大的忧虑，压在眉端。他注目望着这一片平原，却不象是看玩景色，一会儿微微的叹口气，猛然将手中拿着的一张印刷品，撕得粉碎，扬在窗外，口中微吟道："安邦治国平天下，自有周公孔圣人。"

站在背后的刘贵，轻轻的说道："二少爷，窗口风大，不要尽着站在那里！"他回头一看，便坐了下去，脸上仍显着极其无聊。刘贵递过一张报纸来，他摇一摇头，却仍旧站起来，凭在窗口。

天色渐渐的暗了下来，火车渐渐的走近天津，这二少爷的颜色，也渐渐的沉寂。车到了站，刘贵跟着下了车，走出站外，便有一辆汽车，等着他们。呜呜的响声，又送他们到家了。

家门口停着四五辆汽车，门楣上的电灯，照耀得明如白昼。两个兵丁，倚着枪站在灯下，看见二少爷来了，赶紧立正。他略一点头，一直走了进去。

客厅里边有打牌说笑的声音，五六个仆役，出来进去的伺候着。二少爷从门外经过的时候，他们都笑着请了安，他却皱着眉，摇一摇头，不叫他们声响，悄悄的走进里院去。

他姊姊颖贞，正在自己屋里灯下看书。东厢房里，也有妇女们打牌喧笑的声音。

他走进颖贞屋里，颖贞听见帘子响，回过头来，一看，连忙站起来，说："颖石，你回来了，颖铭呢？"颖石说："铭哥被我们学校的干事部留下了，因为他是个重要的人物。"颖贞皱眉道："你见过父亲没有？"颖石道："没有，父亲打着牌，我没敢惊动。"颖贞似乎要说什么，看着他弟弟的脸，却又咽住。

这时化卿先生从外面进来，叫道："颖贞，他们回来了么？"颖贞连忙应道："石弟回来了，在屋里呢。"一面把颖石推出去。颖石慌忙走出廊外，迎着父亲，请了一个木强不灵的安。化卿看了颖石一眼，问："你哥哥呢？"颖石吞吞吐吐的答应道："铭哥病了，不能回来，在医院里住着呢。"化卿咄的一声道："胡说！你们在南京做了什么代表了，难道我不晓得！"颖石也不敢做声，跟着父亲进来。化卿一面坐下，一面从怀里掏出一封信来，掷给颖石道："你自己看罢！"颖石两手颤动着，拿起信来。原来是他们校长给他父亲的信，说他们两个都在学生会里，做什么代表和干事，恐怕他们是年幼无知，受人胁诱；请他父亲叫他们回来，免得将来惩戒的时候，玉石俱焚，有碍情面，等等的话。颖石看完了，低着头也不言语。化卿冷笑说："还有什么可辩的么？"颖石道："这是校长他自己误会，其实没有什么大不了的事情。就是因为近来青岛的问题，很是紧急，国民却仍然沉睡不醒。我们很觉得悲痛，便出去给他们演讲，并劝人购买国货，盼望他们一齐醒悟过来，鼓起民气，可以做政府的后援。这并不是作奸犯科……”化卿道：“你瞒得过我，却瞒不过校长，他同我是老朋友，并且你们去的时候，我还托他照应，他自然得告诉我的。我只恨你们不学好，离了我的眼，便将我所嘱咐的话，忘在九霄云外，和那些血气之徒，连在一起，便想犯上作乱，我真不愿意有这样伟人英雄的儿子！”颖石听着，急得脸都红了，眼泪在眼圈里乱转，过一会子说：“父亲不要误会！我们的同学，也不是血气之徒，不过国家危险的时候，我们都是国民一分子，自然都有一分热肠。并且这爱国运动，绝对没有一点暴乱的行为，极其光明正大；中外人士，都很赞美的。至于说我们要做英雄伟人，这也不是一件容易的事！现在学生们，在外面运动的多着呢，他们的才干，胜过我们百倍，就是有伟人英雄的头衔，也轮不到……”这时颖石脸上火热，眼泪也干了，目光奕奕的一直说下去。颖贞看见她兄弟热血喷薄，改了常态，话语渐渐的激烈起来，恐怕要惹父亲的盛怒，十分的担心着急，便对他使个眼色……

忽然一声桌子响，茶杯花瓶都摔在地下，跌得粉碎。化卿先生脸都气黄了，站了起来，喝道：“好！好！率性和我辩驳起来了！这样小小的年纪，便眼里没有父亲了，这还了得！”颖贞惊呆了。颖石退到屋角，手足都吓得冰冷。厢房里的姨娘们，听见化卿声色俱厉，都搁下牌，站在廊外，悄悄的听着。

化卿道：“你们是国民一分子，难道政府里面，都是外国人？若没有学生出来爱国，恐怕中国早就灭亡了！照此说来，亏得我有你们两个爱国的儿子，否则我竟是民国的罪人了！”颖贞看父亲气到这个地步，慢慢的走过来，想解劝一两句。化卿又说道：“要论到青岛的事情，日本从德国手里夺过的时候，我们中国还是中立国的地位，论理应该归与他们。况且他们还说和我们共同管理，总算是仁至义尽的了！现在我们政府里一切的用款，哪一项不是和他们借来的？象这样缓急相通的朋友，难道便可以随随便便的得罪了？眼看着这交情便要被你们闹糟了，日本兵来的时候，横竖你们也只是后退，仍是政府去承当。你这会儿也不言语了，你自己想一想，你们做的事合理不合理？是不是以怨报德？是不是不顾大局？”颖石低着头，眼泪又滚了下来。

化卿便一叠连声叫刘贵，刘贵慌忙答应着，垂着手站在帘外。化卿骂道：“无用的东西！我叫你去接他们，为何只接回一个来？难道他的话可听，我的话不可听么？”刘贵也不敢答应。化卿又说：“明天早车你再走一遭，你告诉大少爷说要是再不回来，就永远不必回家了。”刘贵应了几声“是”，慢慢的退了出去。

四姨娘走了进来，笑着说：“二少爷年纪小，老爷也不必和他生气了，外头还有客坐着呢。”一面又问颖石说：“少爷穿得这样单薄，不觉得冷么？”化卿便上下打量了颖石一番，冷笑说：“率性连白鞋白帽，都穿戴起来，这便是‘无父无君’的证据了！”

一个仆人进来说：“王老爷要回去了。”化卿方站起走出，姨娘们也慢慢的自去打牌，屋里又只剩姊弟二人。

颖贞叹了一口气，叫：“张妈，将地下打扫了，再吩咐厨房开一桌饭来，二少爷还没有吃饭呢。”张妈在外面答应着。颖石摇手说：“不用了。”一面说：“哥哥真个在医院里，这一两天恐怕还不能回来。”颖贞道：“你刚才不是说被干事部留下么？”颖石说：“这不过是一半的缘由，上礼拜六他们那一队出去演讲，被军队围住，一定不叫开讲。哥哥上去和他们讲理，说得慷慨激昂。听的人愈聚愈多，都大呼拍手。那排长恼羞成怒，拿着枪头的刺刀，向哥哥的手臂上扎了一下，当下……哥哥……便昏倒了。那时……”颖石说到这里，已经哭得哽咽难言。颖贞也哭了，便说：“唉，是真……”颖石哭着应道：“可不是真的么？”

明天一清早，刘贵就到里院问道：“张姐，你问问大小姐有什么话吩咐没有。我要走了。”张妈进去回了，颖贞隔着玻璃窗说：“你告诉大少爷，千万快快的回来，也千万不要穿白帆布鞋子，省得老爷又要动气。”

两天以后，颖铭也回来了，穿着白官纱衫，青纱马褂，脚底下是白袜子，青缎鞋，戴着一顶小帽，更显得面色惨白。进院的时候，姊姊和弟弟，都坐在廊子上，逗小狗儿玩。颖石看见哥哥这样打扮着回来，不禁好笑，又觉得十分伤心，含着眼泪，站起来点一点头。颖铭反微微的惨笑。姊姊也没说什么，只往东厢房努一努嘴。颖铭会意，便伸了一伸舌头，笑了一笑，恭恭敬敬的进去。

化卿正卧在床上吞云吐雾，四姨娘坐在一旁，陪着说话。颖铭进去了，化卿连正眼也不看，仍旧不住的抽烟。颖铭不敢言语，只垂手站在一旁，等到化卿慢慢的坐起来，方才过去请了安。化卿道：“你也肯回来了么？我以为你是‘国尔忘家’的了！”颖铭红了脸道：“孩儿实在是病着，不然……”化卿冷笑了几声，方要说话。四姨娘正在那里烧烟，看见化卿颜色又变了，便连忙坐起来，说：“得了！前两天就为着什么‘青岛’‘白岛’的事，和二少爷生气，把小姐屋里的东西都摔了，自己还气得头痛两天，今天才好了，又来找事。

他两个都已经回来了，就算了，何必又生这多余的气？”一面又回头对颖铭说：“大少爷，你先出去歇歇罢，我已经吩咐厨房里，替你预备下饭了。”化卿听了四姨娘一篇的话，便也不再说什么，就从四姨娘手里，接过烟枪来，一面卧下。颖铭看见他父亲的怒气，已经被四姨娘压了下去，便悄悄的退了出来，径到颖贞屋里。

颖贞问道：“铭弟，你的伤好了么？”颖铭望了一望窗外，便卷起袖子来，臂上的绷带裹得很厚，也隐隐的现出血迹。颖贞满心的不忍，便道：“快放下来罢！省得招了风要肿起来。”颖石问：“哥哥，现在还痛不痛？”颖铭一面放下袖子，一面笑道:“我要是怕痛，当初也不肯出去了！”颖贞问道:“现在你们干事部里的情形怎么样？你的缺有人替了么？”颖铭道：“刘贵来了，告诉我父亲和石弟生气的光景，以及父亲和你吩咐我的话，我哪里还敢逗留，赶紧收拾了回来。他们原是再三的不肯，我只得将家里的情形告诉了，他们也只得放我走。至于他们进行的手续，也都和别的学校大同小异的。”颖石道：“你还算侥幸，只可怜我当了先锋，冒冒失失的正碰在气头上。那天晚上的光景，真是……从我有生以来，也没有挨过这样的骂！唉，处在这样黑暗的家庭，还有什么可说的，中国空生了我这个人了。”说着便滴下泪来。颖贞道：“都是你们校长给送了信，否则也不至于被父亲知道。其实我在学校里，也办了不少的事。不过在父亲面前，总是附和他的意见，父亲便拿我当做好人，因此也不拦阻我去上学。”说到此处，颖铭不禁好笑。

颖铭的行李到了，化卿便亲自出来逐样的翻检，看见书籍堆里有好几束的印刷品，并各种的杂志；化卿略一过目，便都撕了，登时满院里纸花乱飞。颖铭、颖石在窗内看见，也不敢出来，只急得悄悄的跺脚，低声对颖贞说："姊姊！你出去救一救罢！"颖贞便出来，对化卿陪笑说："不用父亲费力了，等我来检看罢。天都黑了，你老人家眼花，回头把讲义也撕了，岂不可惜。"一面便弯腰去检点，化卿才慢慢的走开。

他们弟兄二人，仍旧住在当初的小院里，度那百无聊赖的光阴。书房里虽然也磊着满满的书，却都是制艺、策论和古文、唐诗等等。所看的报纸，也只有《公言报》一种，连消遣的材料都没有了。至于学校里朋友的交际和通信，是一律在禁止之列。颖石生性本来是活泼的，加以这些日子，在学校内很是自由，忽然关在家内，便觉得非常的不惯，背地里唉声叹气。闷来便拿起笔乱写些白话文章，写完又不敢留着，便又自己撕了，撕了又写，天天这样。颖铭是一个沉默的人，也不显出失意的样子，每天临几张字帖，读几遍唐诗，自己在小院子里，浇花种竹，率性连外面的事情，不闻不问起来。有时他们也和几个姨娘一处打牌，但是他们所最以为快乐的事情，便是和姊姊颖贞，三人在一块儿，谈话解闷。

化卿的气，也渐渐的平了，看见他们三人，这些日子，倒是很循规蹈矩的，心中便也喜欢；无形中便把限制的条件，松了一点。

有一天，颖铭替父亲去应酬一个饭局，回来便悄悄的对颖贞说："姊姊，今天我在道上，遇见我们学校干事部里的几个同学，都骑着自行车，带着几卷的印刷品，在街上走。我奇怪他们为何都来到天津，想是请愿团中也有他们，当下也不及打个招呼，汽车便走过去了。"颖石听了便说："他们为什么不来这里，告诉我们一点学校里的消息？想是以为我们现在不热心了，便不理我们了，唉，真是委屈！"说着觉得十分激切。颖贞微笑道："这事我却不赞成。"颖石便问道："为什么不赞成？"颖贞道："外交内政的问题，先不必说。看他们请愿的条件，哪一条是办得到的？就是都办得到，政府也决然不肯应许，恐怕启学生干政之渐。这样日久天长的做下去，不过多住几回警察厅，并且两方面都用柔软的办法，回数多了，也都觉得无意思，不但没有结果，也不能下台。我劝你们秋季上学以后，还是做一点切实的事情，颖铭，你看怎样？"颖铭点一点头，也不说什么。颖石本来没有成见，便也赞成兄姊的意思。

一个礼拜以后，南京学堂来了一封公函，报告开学的日期。弟兄二人，都喜欢得吃不下饭去，都催着颖贞去和父亲要了学费，便好动身。颖贞去说时，化卿却道："不必去了，现在这风潮还没有平息，将来还要捣乱。我已经把他两个人都补了办事员，先做几年事，定一定性子。求学一节，日后再议罢！"颖贞呆了一呆，便说："他们的学问和阅历，都还不够办事的资格，倘若……"化卿摇头道："不要紧的，哪里便用得着他们去办事？就是办事上有一差二错，有我在还怕什么！"颖贞知道难以进言，坐了一会，便出来了。

走到院子里，心中很是游移不决，恐怕他们听见了，一定要难受。正要转身进来，只见刘贵在院门口，探了一探头，便走近前说："大少爷说，叫我看小姐出来了，便请过那院去。"颖贞只得过来。颖石迎着姊姊，伸手道："钞票呢？"颖贞微微的笑了一笑，一面走进屋里坐下，慢慢的一五一十都告诉了。兄弟二人听完了，都半天说不出话来，过了一会，颖石忍不住哭倒在床上道："难道我们连求学的希望都绝了么？"颖铭眼圈也红了，便站起来，在屋里走了几转，仍旧坐下。颖贞也想不出什么安慰的话来，坐了半天，便默默的出来，心中非常的难过，只得自己在屋里弹琴散闷。等到黄昏，还不见他们出来，便悄悄的走到他们院里，从窗外往里看时，颖石蒙着头，在床上躺着，想是睡着了。颖铭斜倚在一张藤椅上，手里拿着一本唐诗“心不在焉”的只管往下吟哦。到了“出门搔白首，若负平生志，冠盖满京华，斯人独憔悴……”似乎有了感触，便来回的念了几遍。颖贞便不进去，自己又悄悄的回来，走到小院的门口，还听见颖铭低徊欲绝的吟道：“……满京华，斯人独憔悴！”

为奴隶的母亲

——柔石

她的丈夫是一个皮贩，就是收集乡间各猎户底兽皮和牛皮，贩到大埠上出卖的人。但有时也兼做点农作，芒种的时节，便帮人家插秧，他能将每行插得非常直，假如有五人同在一个水田内，他们一定叫他站在第一个做标准，然而境况是不佳，债是年年积起来了。他大约就因为境况的不佳。烟也吸了，酒也喝了，钱也赌起来了。这样，竟使他变作一个非常凶狠而暴躁的男子，但也就更贫穷下去。连小小的移借，别人也不敢答应了。

在穷的结果的病以后，全身便变成枯黄色，脸孔黄的和小铜鼓一样，连眼白也黄了。别人说他是黄疸病，孩子们也就叫他“黄胖”了。有一天，他向他底说：

“再也没有办法了。这样下去，连小锅也都卖去了。我想，还是从你底身上设法罢。你跟着我挨饿，有什么办法呢？”

“我底身上？……”

他底妻坐在灶后，怀里抱着她刚满五周的男小孩——孩子还在啜着奶，她讷讷地低声地问。

“你，是呀，”她底丈夫病后的无力的声音，“我已经将你出典了……”

“什么呀？”她底妻子几乎昏去似的。

屋内是稍稍静寂了一息。他气喘着说：

“三天前，王狼来坐讨了半天的债回去以后，我也跟着他去，走到九亩潭边，我很不想要做人了。但是坐在那株爬上去一纵身就可落在潭里的树下，想来想去，总没有力气跳了。猫头鹰在耳朵边不住地啭，我底心被它叫寒起来，我只得回转身，但在路上，遇见了沈家婆，她问我，晚也晚了，在外做什么。我就告诉她，请她代我借一笔款，或向什么人家的小姐借些衣服或首饰去暂时当一当，免得王狼的狠一般的绿眼睛天天在家里闪烁。可是沈家婆向我笑道：

“‘你还将妻养在家里做什么呢？你自己黄也黄到这个地步了。’

“我低着头站在她面前没有答，她又说：

“‘儿子呢，你只有一个，舍不得。但妻——’

“我当时想：‘莫非叫我卖去妻子么？’

“而她继续道：

“‘但妻——虽然是结发的，穷了，也没有法。还养在家里做什么呢？’

“这样，她就直说出：‘有一个秀才，因为没有儿子，年纪已五十岁了，想买一个妾；又因他底大妻不允许，只准他典一个，典三年或五年，叫我物色相当的女人：年纪约三十岁左右，养过两三个儿子的，人要沉默老实，又肯做事，还要对他底大妻肯低眉下首。这次是秀才娘子向我说的，假如条件合，肯出八十元或一百元的身价。我代她寻好几天，总没有相当的女人。’她说：‘现在碰到我，想起了你来，样样都对的。’当时问我底意见怎样，我一边掉了几滴泪，一边却被她催的答应她了。”

说到这里，他垂下头，声音很低弱，停止了。他底妻简直痴似的，话一句没有。又静寂了一息，他继续说：

“昨天，沈家婆到过秀才底家里，她说秀才很高兴，秀才娘子也喜欢，钱是一百元，年数呢，假如三年养不出儿子，是五年。沈家婆并将日子也拣定了——本月十八，五天后。今天，她写典契去了。”

这时，他底妻简直连腑脏都颤抖，吞吐着问：

“你为什么早不对我说？”

“昨天在你底面前旋了三个圈子，可是对你说不出。不过我仔细想，除出将你底身子设法外，再也没有办法了。”

“决定了么？”妇人战着牙齿问。

“只待典契写好。”

“倒霉的事情呀，我！——一点也没有别的方法了么？春宝底爸呀！”

春宝是她怀里的孩子底名字。

“倒霉，我也想到过，可是穷了，我们又不肯死，有什么办法？今年，我怕连插秧也不能插了。”

“你也想到过春宝么？春宝还只有五岁，没有娘，他怎么好呢？”

“我领他便了，本来是断了奶的孩子。”

他似乎渐渐发怒了。也就走出门外去了。她，却呜呜咽咽地哭起来。

这时，在她过去的回忆里，却想起恰恰一年前的事：那时她生下了一个女儿，她简直如死去一般地卧在床上。死还是整个的，她却肢体分作四碎与五裂。刚落地的女婴，在地上的干草堆上叫：“呱呀，呱呀。”声音很重的，手脚揪缩。脐带绕在她底身上，胎盘落在一边，她很想挣扎起来给她洗好，可是她底头昂起来，身子凝滞在床上。这样，她看见她底丈夫，这个凶狠的男子，红着脸，提了一桶沸水到女婴的旁边。她简单用了她一生底最后的力向他喊：“慢！慢……”但这个病前极凶狠的男子，没有一分钟商量的余地，也不答半句话，就将“呱呀，呱呀”声音很重地在叫着的女儿，刚出世的新生命，用他底粗暴的两手捧起来，如屠户捧将杀的小羊一般，扑通，投下在沸水里了！除出沸水的溅声和皮肉吸收沸水的嘶声以外，女孩一声也不喊——她疑问地想，为什么也不重重地哭一声呢？竟这样不响地愿意冤枉死去么？啊！——她转念，那是因为她自己当时昏过去的缘故，她当时剜去了心一般地昏去了。

想到这里，似乎泪竟干涸了。“唉！苦命呀！”她低低地叹息了一声。这时春宝拔去了奶头，向他底母亲的脸上看，一边叫：

“妈妈！妈妈！”

在她将离别底前一晚，她拣了房子底最黑暗处坐着。一盏油灯点在灶前，萤火那么的光亮。她，手里抱着春宝，将她底头贴在他底头发上。她底思想似乎浮漂在极远，可是她

自捉摸不定远在那里。于是慢慢地跑过来，跑到眼前，跑到她底孩子底身上。

她向她底孩子低声叫：

“春宝，宝宝！”

“妈妈，”孩子含着奶头答。

“妈妈明天要去了……”

“唔，”孩子似不十分懂得，本能地将头钻进他母亲底胸膛。

“妈妈不回来了，三年内不能回来了！”

她擦一擦眼睛，孩子放松口子问：

“妈妈那里去呢？庙里么？”

“不是，三十里路外，一家姓李的。”

“我也去。”

“宝宝去不得的。”

“呃！”孩子反抗地，又吸着并不多的奶。

“你跟爸爸在家里，爸爸会照料宝宝的：同宝宝睡，也带宝宝玩，你听爸爸底话好了。过三年……”

她没有说完，孩子要哭似地说：

“爸爸要打我的！”

“爸爸不再打你了，”同时用她底左手抚摸着孩子底右额，在这上，有他父亲在杀死他刚生下的妹妹后第三天，用锄柄敲他，肿起而又平复了的伤痕。

她似要还想对孩子说话，她底丈夫踏进门了。他走到她底面前，一只手放在袋里，掏取着什么，一边说：

“钱已经拿来七十元了。还有三十元要等你到了十天后付。”

停了一息说：“也答应轿子来接。”

又停了一息说："也答应轿夫一早吃好早饭来。"

这样，他离开了她，又向门外走出去了。

这一晚，她和她底丈夫都没有吃晚饭。

第二天，春雨竟滴滴淅淅地落着。

轿是一早就到了。可是这妇人，她却一夜不曾睡。她先将春宝底几件破衣服都修补好；春将完了，夏将到了，可是她，连孩子冬天用的破烂棉袄都拿出来，移交给他底父亲——实在，他已经在床上睡去了。以后，她坐在他底旁边，想对他说几句话，可是长夜是迟延着过去，她底话一句也说不出。而且，她大着胆向他叫了几声，发了几个听不清楚的声音，声音在他底耳外，她也就睡下不说了。

等她朦朦胧胧地刚离开思索将要睡去，春宝醒了，他就推叫他底母亲，要起来。以后当她给他穿衣服的时后。向他说："宝宝好好地在家里，不要哭，免得你爸爸打你。以后妈妈常买糖果来，买给宝宝吃，宝宝不要哭。"

而小孩子竟不知道悲哀是什么一回事，张大口子"唉，唉"，她唱起来了。她在他底唇边吻了一吻，又说：

"不要唱，你爸爸被你唱醒了。"

轿夫坐在门首的板凳上，抽着旱烟，说着他们自己要听的话。一息，邻村的沈家婆也赶到了。一个老妇人，熟悉世故的媒婆，一进门，就拍拍她身上的雨点，向他们说：

"下雨了，下雨了，这是你们家里此后会有滋长的预兆。"

老妇人忙碌似地在屋内旋了几个圈，对孩子底父亲说了几句话，意思是讨酬报。因为这件契约之能订的如此顺利而合算，实在是她底力量。

"说实在话，春宝底爸呀，再加五十元，那老头子可以买一房妾了。"她说。

于是又转向催促她——妇人却抱着春宝，这时坐着不动。老妇人声音很高地：

“轿夫要赶到他们家里吃中饭的，你快些预备走呀！”

可是妇人向她瞧了一瞧，似乎说：

“我实在不愿离开呢！让我饿死在这里罢！”

声音是在她底喉下，可是媒婆懂得了，走近到她前面，迷迷地向她笑说：

“你真是一个不懂事的丫头，黄胖还有什么东西给你呢？那边真是一份有吃有剩的人家，两百多亩田，经济很宽裕，房子是自己底，也雇着长工养着牛。大娘底性子是极好的，对人非常客气，每次看见人总给人一些吃的东西。那老头子——实在并不老，脸是很白白的，也没有留胡子，因为读了书，背有些偻偻的，斯文的模样。可是也不必多说，你一走下轿就看见的，我是一个从不说谎的媒婆。”

妇人拭一拭泪，极轻地：

“春宝……我怎么抛开他呢！”

“不用想到春宝了。”老妇人一手放在她底肩上，脸凑近她和春宝。“有五岁了，古人说‘三周四岁离娘身’，可以离开你了。只要你肚子争气些，到那边，也养下一二个来，万事都好了。”

轿夫也在门首催起身了，他们噜苏着说：

“又不是新娘子，啼啼哭哭的。”

这样，老妇人将春宝从她底怀里拉去，一边说：

“春宝让我带去罢。”

小小的孩子也哭了，手脚乱舞的，可是老妇人终于给他拉到小门外去。当妇人走进轿门的时候，向他们说：

“带进屋里来罢，外边有雨呢。”

她底丈夫用手支着头坐着，一动没有动，而且也没有话。

两村的相隔有三十里路，可是轿夫的第二次将轿子放下肩，就到了。春天的细雨，从轿子底布蓬里飘进，吹湿了她底衣衫。一个脸孔肥肥的，两眼很有心计的约摸五十四五岁的老妇人来迎她，她想：这当然是大娘了。可是只向她满面羞涩地看一看，并没有叫。她很亲昵似的将她牵上阶沿，一个长长的瘦瘦的而面孔圆细的男子就从房里走出来。他向新来的少妇，仔细地瞧了瞧，堆出满脸的笑容来，向她问：

“这么早就到了么？可是打湿你底衣裳了。”

而那位老妇人，却简直没有顾到他底说话，也向她问：

“还有什么在轿里么？”

“没有什么了。”少妇答。

几位邻舍的妇人站在大门外，探头张望的；可是她们走进屋里面了。

她自己也不知道这究竟为什么，她底心老是挂念着她底旧的家，掉不下她的春宝。这是真实而明显的，她应庆祝这将开始的三年的生活——这个家庭，和她所典给他的丈夫，都比曾经过去的要好，秀才确是一个温良和善的人，讲话是那么地低声，连大娘，实在也是一个出乎意料之外的妇人，她底态度之殷勤，和滔滔的一席话：说她和她丈夫底过去的生活之经过，从美满而票亮的结婚生活起，一直到现在，中间的三十年。她曾做过一次的产，十五六年以前，养下一个男孩子，据她说，是一个极美丽又极聪明的婴儿，可是不到十个月竟患天花死去了。这样，以后就没有养过第二个。在她底意思中，似乎——似乎——早就叫她底丈夫娶一房妾，可是他，不知是爱她呢，还是没有相当的人——这一层她并没有说清楚；于是，就一直到现在。这样，竟说得这个具着朴素的心地的她，一时酸，一会苦，一时甜上心头，一时又咸的压下去了。最后这个老妇人并将她底希望也向她说出来了。她底脸是娇红的，可是老夫人说：

“你是养过三四孩子的女人了，当然，你是知道什么的，你一定知道的还比我多。”

这样，她说着走开了。

当晚，秀才也将家里底种种情形告诉她，实际，不过是向她夸耀或求媚罢了。她坐在一张橱子的旁边，这样的红的木橱，是她旧的家所没有的，她眼睛白晃晃地瞧着它。秀才也就坐在橱子底面前来，问她：

“你叫什么名子呢？”

她没有答，也并不笑，站起来，走在床底前面，秀才也跟到床底旁边，更笑地问她：

“怕羞么？哈，你想你底丈夫么？哈，哈，现在我是你底丈夫了。”声音是轻轻的，又用手去牵着她底袖子。“不要愁罢！你也想你底孩子的，是不是？不过——”

他没有说完，却又哈的笑了一声，他自己脱去他外面的长衫了。

她可以听见房外的大娘底声音在高声地骂着什么人，她一时听不出在骂谁，骂烧饭的女仆，又好象骂她自己，可是因为她底怨恨，仿佛又是为她而发的。秀才在床上叫道：

“睡罢，她常是这么噜噜苏苏的。她以前很爱那个长工，因为长工要和烧饭的黄妈多说话，她却常要骂黄妈的。”

日子是一天天地过去了。旧的家，渐渐地在她底脑子里疏远了，而眼前，却一步步地亲近她使她熟悉。虽则，春宝底哭声有时竟在她耳朵边响，梦中，她也几次地遇到过他了。可是梦是一个比一个缥渺，眼前的事务是一天比一天繁多。

她知道这个老妇人是猜忌多心的，外表虽则对她还算大方，可是她底嫉妒的心是和侦探一样，监视着秀才对她的一举一动。有时，秀才从外面回来，先遇见了她而同她说话，老妇人就疑心有什么特别的东西买给她了，非在当晚，将秀才叫到她自己底房内去，狠狠地训斥一番不可。“你给狐狸迷着了么？”“你应该称一称你自己底老骨头是多少重！”像这样的话，她耳闻到不止一次了。这样以后，她望见秀才从外面回来而旁边没有她坐着的时候，就非得急忙避开不可。即使她在旁边，有时也该让开些，但这种动作，她要做的非常自然，而且不能让别人看出，否则，她又要向她发怒，说是她有意要在旁人的前面暴露她大娘底丑恶。而且以后，竟将家里的许多杂务都堆积在她底身上，同一个女仆那么样。她还算是聪明的，有时老妇人底换下来的衣服放着，她也给她拿去洗了，虽然她说：

“我底衣服怎么要你洗呢？就是你自己底衣服，也可叫黄妈洗的。”可是接着说：

“妹妹呀，你最好到猪栏里去看一看，那两只猪为什么这样喁喁叫的，或者因为没有吃饱罢，黄妈总是不肯给它们吃饱的。”

八个月了，那年冬天，她底胃却起了变化：老是不想吃饭，想吃新鲜的面，番薯等。但番薯或面吃了两餐，又不想吃，又想吃馄饨，多吃又要呕。而且还想吃南瓜和梅子——这是六月里的东西，真稀奇，向那里去找呢？秀才是知道在这个变化中所带来的预告了。他镇日地笑微微，能找到的东西，总忙着给她找来。他亲身给她街上去买橘子，又托便人买了金柑来，他在廊沿下走来走去，口里念念有词的，不知说什么。他看她和黄妈磨过年的粉，但还没有磨了三升，就向她叫：“歇一歇罢，长工也好磨的，年糕是人人要吃的。”

有时在夜里，人家谈着话，他却独自拿了一盏灯，在灯下，读起《诗经》来了：

“关关雎鸠，

在河之洲，

窈窕淑女，

君子好逑——”

这时长工向他问：

“先生，你又不去考举人，还读它做什么呢？”

他却摸一摸没有胡子的口边，怡悦地说道：

“是呀，你也知道人生底快乐么？所谓：‘洞房花烛夜，金榜挂名时。’你也知道这两句话底意思么？这是人生底最快乐的两件事呀！可是我对于这两件事都过去了，我却还有比这两件更快乐的事呢！”

这样，除出他底两个妻以外，其余的人们都大笑了。

这些事，在老妇人眼睛里是看得非常气恼了。她起初闻到她的受孕也欢喜，以后看见秀才的这样奉承她，她却怨恨她自己肚子地不会还债了。有一次，次年三月了，这妇人因为身体感觉不舒服，头有些痛，睡了三天。秀才呢，也愿她歇息歇息，更不时地问她要什么，而老妇人却着实地发怒了。她说她装娇，噜噜苏苏地说了三天。她先是恶意地讥嘲她：说是一到秀才底家里就高贵起来了，什么腰酸呀，头痛呀，姨太太的架子也都摆出来了；以前在自己底家里，她不相信她有这样的娇养，恐怕竟和街头的母狗一样，肚皮里有着一肚子的小狗，临产了，还要到处地奔求着食物。现在呢，因为“老东西”——这是秀才的妻叫秀才的名字——趋奉了她，就装着娇滴滴的样子了。

“儿子，”她有一次在厨房里对黄妈说：“谁没有养过呀？我也曾怀过十个月的孕，不相信有这么的难受。而且，此刻的儿子，还在‘阎罗王的簿里’，谁保的定生出来不是一只癞蛤蟆呢？也等到真的‘鸟儿’从洞里钻出来看见了，才可在我底面前显威风，摆架子，此刻，不过是一块血的猫头鹰，就这么的装腔，也显得太早一点！”

当晚这妇人没有吃晚饭，这时她已经睡了，听了这一番婉转的冷嘲与热骂，她呜呜咽咽地低声哭泣了。秀才也带衣服坐在床上，听到浑身透着冷汗，发起抖来。他很想扣好衣服，重新走起来，去打她一顿，抓住她底头发狠狠地打她一顿，泄泄他一肚皮的气。但不知怎样，似乎没有力量，连指也颤动，臂也酸软了，一边轻轻地叹息着说：

“唉，一向实在太对她好了。结婚了三十年，没有打过她一掌，简直连指甲都没有弹到她底皮肤上过，所以今日，竟和娘娘一般的难惹了。”

同时，他爬过到床底那端，她底身边，向她耳语说：

“不要哭罢，不要哭罢，随她吠去好了！她是阉过的母鸡，看见别人的孵卵是难受的。假如你这一次真能养出一男孩子来。我当送你两样宝贝——我有一只青玉的戒指，我有一只白玉的……”

他没有说完，可是他忍不住听下门外的他底大妻底喋喋的讥笑声音，他急忙地脱去了衣服，将头钻进被窝里去，凑向她底胸膛，一边说：

“我有白玉的……”

肚子一天天地膨胀的如斗那么大，老妇人终究也将产婆雇定了，而且在别人的面前，竟拿起花布来做婴儿用的衣服。

酷热的暑天到了尽头，旧历的六月，他们在希望的眼中过去。秋开始，凉风也拂拂地乡镇上吹送。于是有一天，这全家的人们都到了希望底最高潮，屋里底空气完全地骚动起来。秀才底心更是异常地紧张，他在天井上不断地徘徊，手里捧着一本历书，好似要读它背诵那么地念去——“戊辰”，“甲戌”，“壬寅之年”，老是反复地轻轻的说着。有时他底焦急的眼光向一间关了窗的房子望去——在这间房子内是有产母底低声呻吟的声音；有时他向天上望一望被云笼罩着的太阳，于是又走走向房门口，向站在房门内的黄妈问：

“此刻如何？”

黄妈不住地点着头不做声响，一息，答：

“快下来了，快下来了。”

于是他又捧了那本历书，在廊下徘徊起来。

这样的情形，一直继续到黄昏底青烟在地面起来，灯火一盏盏的如春天的野花般在屋内开起，婴儿才落地了，是一个男的。婴儿底声音很重地在屋内叫，秀才却坐在屋角里，几乎快乐到流出泪来了。全家的人都没有心思吃晚饭，在平淡的晚餐席上，秀才底大妻向佣人们说道：

“暂时瞒一瞒罢，给小猫头避避晦气；假如别人问起，也答养一个女的好了。”

他们都微笑地点点头。

一个月以后，婴儿底白嫩的小脸孔，已在秋天的阳光里照耀了。这个少妇给他哺着奶，邻舍的妇人围着他们瞧，有的称赞婴儿底鼻子好，有的称赞婴儿底口子好，有的称赞婴儿底两耳好；更有的称赞婴儿底母亲，也比以前好，白而且壮了。老妇人却和老祖母那么地吩咐着，保护着，这时开始说：

“够了，不要弄他哭了。”

关于孩子底名字，秀才是煞费苦心地想着，但总想不出一个相当的字来。据老妇人底意见，还是从“长命富贵”或“福禄寿喜”里拣一个字，最好还是“寿”字或“寿”同意义的字，如“其颐”，“彭祖”等。但秀才不同意，以为太通俗，人云亦云的名字。于是翻开了《易经》《书经》，向这里面找，但找了半月、一月，还没有恰贴的字。在他底意思：以为在这个名字内，一边要祝福孩子，一边要包含他底老而得子的蕴义，所以竟不容易找。这一天，他一边抱着三个月的婴儿，一边又向书里找名字，戴着一副眼镜，将书递到灯底旁边去。婴儿底母亲呆呆地坐在房内底一边，不知思想着什么，却忽然开口说：“我想，还是叫他‘秋宝’罢。”

屋内的人们底几对眼睛都转向她，注意地静听着：“他不是生在秋天吗？秋天的宝贝，还是叫他‘秋宝’罢。”

秀才立刻接着说道：

“是呀，我真极费心思了。我年过半百，实在到了人生的秋期；孩子也正养在秋天；‘秋’是万物成熟的季节，秋宝，实在是很好的名字呀！而且《书经》里没有么？‘乃亦有秋’，我真乃亦有‘秋’了！”

接着，又称赞了一通婴儿底母亲：说是呆读书实在无用，聪明是天生的。这些话，说的这妇人连坐着都局促不安，垂下头，苦笑地又含泪地想：

“我不过因春宝想到了。”

秋宝是天天成长的非常可爱地离不开他底母亲了。他有出奇的大的眼睛，对陌生人是不倦地注视地瞧着，但对他底母亲，却远远地一眼就知道了。他整天的抓住了他底母亲，虽则秀才是比她还爱他，但不喜欢父亲；秀才底大妻呢，表面也爱他，似爱她自己亲生的儿子一样，但在婴儿底大眼睛里，却看她似陌生人，也用奇怪的不倦的视法。可是他的执住他底母亲愈紧，而他底母亲离开这家的日子也愈近了。春天底口子咬住了冬天底尾巴；而夏天底脚又常是紧随着在春天底身后的；这样，谁都将孩子底母亲底三年快到的问题横放在心头上。

秀才呢，因为爱子的关系，首先向他底大妻提出来了：他愿意再拿出一百元钱，将她永远买下来。可是他底大妻底回答是：

"你要买她，那先给药死罢！"

秀才听到这句话，气的只向鼻孔放出气，许久没有说；以后，他反而做着笑脸地：

"你想想孩子没有娘……"

老妇人也尖利地冷笑地说：

"我不好算是他底娘么？"

在孩子的母亲的心呢，却正矛盾这两种的冲突了：一边，她底脑里老是有"三年"这两个字，三年是容易过去的，于是她底生活便变做在秀才家里底用人似的了。而且想象中的春宝，也同眼前的秋宝一样活泼可爱，她既舍不得秋宝，怎么就能舍得掉春宝呢？可是另一面边，她实在愿意永远在这新的家里住下去，她想，春宝的爸爸不是一个长寿的人，他底病一定是在三五年之内要将他带走到不可知的异国里去的，于是，她便要求她底第二个丈夫，将春宝也领过来，这样，春宝也在她底眼前。

有时，她倦坐在房外的沿廊下，初夏的阳光，异常地能令人昏朦地起幻想，秋宝睡在她底怀里，含着她底乳，可是她觉得仿佛春宝同时也站在她底旁边，她伸出手去也想将春宝抱近来，她还要对他们兄弟两人说几句话，可是身边是空空的。在身边的较远的门口，却站着这位脸孔慈善而眼睛凶毒的老妇人，目光注视着她。这样，恍恍惚惚地敏悟："还是早些脱离开罢，她简直探子一样地监视着我了。"可是忽然怀内的孩子一叫，她却又什么也没有的只剩着眼前的事实来支配她了。

以后，秀才又将计划修改了一些：他想叫沈家婆来，叫她向秋宝底母亲底前夫去说，他愿否再拿进三十元——最多是五十元，将妻续典三年给秀才。秀才对他底大妻说：

"要是秋宝到五岁，是可以离开娘了。"

他底大妻正是手里捻着念佛珠，一边在念着"南无阿弥陀佛"，一边答："她家里也还有前儿在，你也应放她和她底结发夫妇团聚一下罢。"

秀才低着头，断断续续地仍然这样说：

"你想想秋宝两岁就没有娘……"

可是老妇人放下念佛珠说：

"我会养的，我会管理他的，你怕我谋害了他么？"

秀才一听到末一句话，就拨步走开了。老妇人仍在后面说：

"这个儿子是帮我生的，秋宝是我底；绝种虽然是绝了你家底种，可是我却仍然吃着你家底餐饭。你真被迷了，老昏了，一点也不会想了。你还有几年好活，却要拼命拉她在身边？双连牌位，我是不愿意坐的！"

老妇人似乎还有许多刻毒的锐利的话，可是秀才走远开听不见了。

在夏天，婴儿底头上生了一个疮，有时身体稍稍发些热，于是这位老妇人就到处地问菩萨，求佛药，给婴儿敷在疮上，或灌下肚里，婴儿底母亲觉得并不十分要紧，反而使这样小小的生命哭成一身的汗珠，她不愿意，或将吃了几口的药暗地里拿去倒掉。于是这位老妇人就高声叹息，向秀才说：

“你看她竟一点也不介意他底病，还说孩子是并不怎样瘦下去。爱在心里的是深的；专疼表面是假的。”

这样，妇人只有暗自挥泪，秀才也不说什么话了。

秋宝一周纪念的时候，这家热闹地排了一天的酒筵，客人也到了三四十，有的送衣服，有的送衣服，有的送面，有的送银制的狮猁，给婴儿挂在胸前的，有的送镀金的寿星老头儿，给孩子钉在帽上的，许多礼物，都在客人底袖子里带来了。他们祝福着婴儿的飞黄腾达，赞颂着婴儿的长寿永生；主人底脸孔，竟是荣光照耀着，有如落日的云霞反映着在他底颊上的。

可是在这天，正当他们筵席将举行的黄昏时，来了一个客，从朦胧的暮光中向他们底天井走进，人们都注意他：一个憔悴异常的乡人，衣服补衲的，头发很长，在他底腋下，挟着一个纸包。主人骇异地迎上前去，问他是那里人，他口吃似地答了，主人一时糊涂的，但立刻明白了，就是那个皮贩。主人更轻轻地说：

“你为什么也送东西来了？你真不必的呀！”

来客胆怯地向四周看看，一边答说：

“要，要的……我来祝祝这个宝贝长寿千……”

他似没有说完，一边将腋下的纸包打开来了，手指颤动地打开了两三重的纸，于是拿出四只铜制镀银的字，一方寸那么大，是“寿比南山”四字。

秀才底大娘走来了，向他仔细一看，似乎不大高兴。秀才却将他招待到席上，客人们互相私语着。

两点钟的酒与肉，将人们弄的胡乱与狂热了：他们高声猜着拳，用大碗盛着酒互相比赛，闹得似乎房子都被震动了。只有那个皮贩，他虽然也喝了两杯酒，可是仍然坐着不动，客人们也不招呼他。等到兴尽了，于是各人草草地吃了一碗饭，互祝着好话，从两两三三的灯笼光影中，走散了。

而皮贩却吃到最后，俑人来收拾羹碗了，他才离开了桌，走到廊下的黑暗处。在那里，他遇见了他底被典的妻。

“你也来做什么呢？”妇人问，语气是非常凄惨的。

“我那里又愿意来，因为没有法子。”

“那末你为什么来的这样晚？”

“我那里来买礼物的钱呀？！奔跑了一上午，哀求了一上午，又到城里买礼物，走得乏了，饿了，也迟了。”

妇人接着问：

“春宝呢？”

男了沉吟了一息答：

“所以，我是为春宝来的。……”

“为春宝来的？”妇人惊异地回音似地问。

男人慢慢地说：

“从夏天来，春宝是瘦的异样了。到秋天，竟病起来了。我又那里有钱给他请医生吃药，所以现在，病是更厉害了！再不想法救救他，眼见得要死！”静寂了一刻，继续说：“现在，我是向你来借钱的……”

这时妇人底胸膛内，简直似有四五只猫在抓她，咬她，咀嚼着她底心脏一样。她恨不得哭出来，但在人们个个向秋宝祝颂的日子，她又怎么好跟在人们底声音后面叫哭呢？她吞下她底眼泪，向她底丈夫说；

“我又那里有钱呢？我在这里，每月只给我两角钱的零用，我自己又那里要用什么，悉数补在孩子底身上了。现在，怎么好呢？”

他们一时没有话，以后，妇人又问：

“此刻有什么人照顾着春宝呢？”

“托了一个邻舍，我仍旧想回家，我就要走了。”

他一边说着，一边揩着泪。女的同时哽咽着说：

“你等一下罢，我向他去借借看。”

她就走开了。

三天以后的一天晚上，秀才忽然问这妇人道；

“我给你的那只青玉戒指？”

“在那天夜里，给了他了。给了他拿去当了。”

“没有借你五块钱么？”秀才愤怒地。

妇人低着头停了一息答：

“五块钱怎么够呢！”

秀才接着叹息说：

“总是前夫和前儿好，无论我对你怎么样！本来我很想再留你两年的，现在，你还是到明春就走罢！”

女人简直连泪也没有地呆着了。

几天后，他还向她那么地说：

“那只戒指是宝贝，我给你是要你传给秋宝的，谁知你一下就拿去当了！幸得她不知道，要是知道了。有三个月好闹了！”

妇人是一天天地黄瘦了。没有精采的光芒在她底眼睛里起来，而讥笑与冷骂的声音又充塞在她底耳内了。她是时常记念着她底春宝的病的，探听着有没有从她底本乡来的朋友，也探听着有没有向她底本乡去的便客，她很想得到一个关于“春宝的身体已复原”的消息，可是消息总没有；她也想借两元钱或买些糖果去，方便的客人又没有，她不时地抱着秋宝在门首过去一些的大路边，眼睛望着来和去的路。这种情形却很使秀才底大妻不舒服了，她时常对秀才说：

“她那里愿意在这里呢？她是极想早些飞回去的。”

有几夜，她抱着秋宝在睡梦中突然喊起来，秋宝也被吓醒，苦起来了。秀才就追逼地问：

“你为什么？你为什么？”

可是女人拍着秋宝，口子哼哼的没有答。秀才继续说：

“梦着你底前儿死了么，那么地喊？连我都被你叫醒了。”

女人急忙一边答：

“不，不，……好象我底前面有一圹坟呢！”

秀才没有再讲话，而悲哀的幻象更在女人底前面展现开来，她要走向这坟去。

冬末了，催离别的小鸟，已经到她底窗前不住地叫了。先是孩子断了奶，又叫道士们来给孩子了一个关，于是孩子和他亲生的母亲的别离——永远的别离的命运就被决定了。

这一天，黄妈先悄悄地向秀才底大妻说：

“叫一顶轿子送他去么？”

秀才底妻子还是手里捻着念佛珠说：

“走好吧，到那边轿钱是那边付，的确她又那里有钱呢？听说她底亲夫连饭也没得吃，她不必摆阔了解路也不算远郊我也是曾经走过三十里路的人，她的脚比较大，半天可以到了。”

这天早晨当她给秋宝穿衣服的时候，她的泪如溪水地流下，孩子向她叫“婶婶，婶婶”——因为老妇人要他叫自己是“妈妈”，只准叫她是“婶婶”——她哽哽咽咽地答应。她很想对他说几句话，意思是：

“别了，我底亲爱的儿子呀！你的妈妈待你是好的，你将来也好好地待还她罢，永远不要再记念我了！”

可是她无论怎样也说不出。她也知道一周半的孩子是不会了解的。

秀才悄悄地走向她，从她背后的腋下伸进手来，在他底手内是十枚双毫角子，一边轻轻说：

“拿去罢，这两块钱。”

妇人扣好孩子的钮扣，就将角子塞在怀内的衣袋里。

老妇人又近来了，注意着秀才走出去的背后，又向妇人说：

“秋宝给我抱去罢，免得你走时他哭。”

妇人不做声响，可是秋宝总不愿意，用手不住地拍在老妇人底脸上，于是老妇人生气地又说：

“那末那同他去吃早饭去罢，吃了早饭交给我。”

秀才拼命地劝她多吃饭，一边说：

“半月来你就这样了，你真比来的时候还瘦了。你没有去照照镜子。今天，吃一碗下去罢，你还要走三十里路呢。”

她只不关紧要地说了一句：

“你对我真好！”

但是太阳是升的非常高了，一个很好的天气，秋宝还是不肯离开他的母亲，老妇人便狠狠地将她的怀里夺去，秋宝用小小的脚踢在老妇人的肚子上，用小小的拳头打，高声呼喊她。妇人在后面说：

“让我吃了中饭去罢。”

老妇人却转过头，汹汹地答：

“赶快打起你底包袱去罢，早晚总有一次的！”

孩子的哭声便在她的耳内渐渐去了。

打包裹的时候，耳是听着孩子的哭声。黄妈在旁边，一边劝慰着她，一边却看她打进甚么去。终于，她挟着一只旧的包裹走了。她离开他的大门时，听见她的秋宝的哭声。可是慢慢地远远地走了三里路了，还听见她的秋宝的哭声。

暖和的太阳所照耀的路，在她面前竟和天一样无穷止地长。当她走到一条河边的时候，她很想停止她的那么无力的脚步，向明澈可以照见她自己底身子的水底跳下去了。但在水坐了一会之后，她还得依前去的方向，移动她自己的影子。太阳已经过午了，一个村里的年老的乡人告诉她，路还有十五里；于是她向那个老人说：

"伯伯，请你代我就近叫一顶轿子罢，我是走不回去了！"

"你是有病的么？"老人门。

"是的。"

她那时坐在村口的凉亭里面。

"你从哪里来？"

妇人静默了一时，答：

"我是向那里去的；早晨我以为自己会走的。"

老人怜悯地也没有多说话，就给她两位轿夫，一顶没蓬的轿。因为那是下秧的季节。

下午三四时的样子，一条狭窄而污秽的乡村小街上，抬过了一顶没蓬的轿子，轿里躺着一个脸色枯萎如同一张瘪的黄菜叶那么的中年妇人，两眼朦胧地颓唐地闭着。嘴里的呼吸只有微弱地吐出。街上的人们个个睁着惊异的目光，怜悯地凝视着过去。一群孩子们，争噪地跟在轿后，好象一件奇异的事情落到这沉寂小村镇里来了。

春宝也是跟在轿的孩子们中底一个，他还在似赶猪那么地哗着轿走，可是轿子一转一个弯，却是向他底家里去的路，他却直了两手而奇怪了，等到轿子到了他家里的门口，他简直呆似地远远地站在前面，背靠一株柱子上，面向着轿，其余的孩子们胆怯地围在轿的两边。妇人走出来了，她昏迷的眼睛还认不清站在前面的，穿着褴褛的衣服，头发蓬乱的，身子和三年前一样的短小，那个八岁的孩子是她的春宝。突然，她哭出来地高叫了：

“春宝呀！”

一群孩子们，个个无意地吃了一惊，而春宝简直吓得躲进屋子他父亲那里去了。

妇人在灰暗的屋内坐了许久许久，她和她底丈夫都没有一句话。夜色降落了，他下垂的头昂起来，向她说：

“烧饭吃罢！”

妇人不得已地站起来，向屋角上旋转了一周，一点也没有气力地对她丈夫说：

“米缸内是空空的……”

男人冷笑了一声，答说：“你真是大人家里生活过了！米，盛在那只香烟盒子内。”

当天晚上，男子向她底儿子说：

“春宝，跟你底娘去睡！”

而春宝却靠在灶边哭起来了。他的母亲走近他，一边叫：

“春宝，宝宝！”

可是当她底手去抚摸他的时候，他又躲闪开了。男子加上说：

“会生疏得那么快，一顿打呢！”

她眼睁睁地睡在一张龌龊的狭窄板床上，春宝陌生似地睡在她底身边。在她底已经麻木的胸内，仿佛秋宝肥白可爱地在她身边挣动着，她伸出两手去抱，可是身边是春宝。这时，春宝睡着了。转了一个身，她的母亲紧紧地将他抱住，而孩子却从微弱的鼻声中，脸伏在她的胸膛，两手抚摩着她的两乳。

沉静而寒冷的死一般长的夜，似无限地拖延着，拖延着……

一九三〇年一月二十日

丈　夫

——沈从文

落了春雨，一共有七天，河水涨大了。

河中涨了水，平常时节泊在河滩的烟船、妓船，离岸极近，全系在吊脚楼下的支柱上。

在楼上四海春茶馆喝茶的闲汉子，俯身临河一面窗口，可以望到对河宝塔边“烟雨红桃”好景致，也可以知道船上妇人陪客烧烟的情形。因为那么近，上下都方便，有喊熟人的声音，从上面或从下面喊叫。到后是互相见面了，谈话了，取了亲昵样子，骂着野话粗话，于是楼上人会了茶钱，从湿而发臭的甬道走去，从那些肮脏地方走到船上了。

上了船，花钱半块到五块，随心所欲吃烟睡觉，同妇人毫无拘束的放肆取乐。这些在船上生活的大臀肥身的年轻乡下女人，就用一个妇人的好处，热忱而切实的服侍男子过夜。

船上人，把这件事也像其余地方一样，叫这做“生意”。她们都是做生意而来的。在名分上，那名称与别的工作同样，既不和道德相冲突，也并不违反健康。她们从乡下来，从那些种田挖园的人家，离了乡村，离了石磨同小牛，离了那年轻而强健的丈夫，跟随了一个同乡熟人，就来到这船上做生意了。做了生意，慢慢的变成为城市里人，慢慢的与乡村离远，慢慢的学会了一些只有城市里才需要的恶德，于是妇人就毁了。但那毁是慢慢的，因为很需要一些日子，所以谁也不去注意。而且也仍然不缺少在任何情形下还依旧好好的保留着那乡村纯朴气质的妇人。所以在本市大河妓船上，决不会缺少年轻女子的来路。

事情非常简单，一个不亟亟于生养孩子的妇人，到了城市，能够每月把从城市里两个晚上所得的钱，送给那留在乡下诚实耐劳、种田为生的丈夫，在那方面就过了好日子，名分不失，利益存在。所以许多年轻的丈夫，在娶媳妇以后，把她送出来，自己留在家中耕田种地，安分过日子，也竟是极其平常的事情。

这种丈夫，到什么时候，想到那在船上做生意的年轻的媳妇，或逢年过节，照规矩要见见媳妇的面了，媳妇不能回来，自己便换了一身浆洗干净的衣服，腰带上挂了那个工作时常不离口的短烟袋，背了整箩整篓的红薯糍粑之类，赶到市上来，像访远亲一样，从码头第一号船上问起，一直到认出自己女人所在的船上为止。问明白后，到了船上，小心小心地把一双布鞋放到舱外护板上，把带来的东西交给了女人，一面便用着吃惊的眼睛，搜索女人的全身。这时节，女人在丈夫眼下自然已完全不同了。

大而油光的发髻，用小镊子扯成的细细眉毛，脸上的白粉同绯红胭脂，以及那城市里人神气派头、城市里人的衣服，都一定使从乡下来的丈夫感到极大的惊讶，有点手足无措。那呆相是女人很容易清楚的。女人到后开了口，或者问："那次五块钱得了么？"或者问："我们那对猪养儿子了没有？"女人说话时口音自然也完全不同了，变成像城市里做太太的大方自由，完全不是在乡下做媳妇的羞涩畏缩神气了。

听女人问起钱，问起家乡豢养的猪，这做丈夫的看出自己做丈夫的身份，并不在这船上失去，看出这城里奶奶还不完全忘记乡下，胆子大了一点，慢慢地摸出烟管同火镰。第二次惊讶，是烟管忽然被女人夺去，即刻在那粗而厚大的手掌里，塞了一枝"哈德门"香烟的缘故。吃惊也仍然是暂时的事，于是这做丈夫的，一面吸烟一面谈话……

到了晚上，吃过晚饭，仍然在吸那有新鲜趣味的香烟。来了客，一个船主或一个商人，穿生牛皮长统靴子，抱兜一角露出粗而发亮的银链，喝过一肚子烧酒，摇摇荡荡地上了船。一上船就大声地嚷要亲嘴要睡觉。那洪大而含糊的声音，那势派，都使这做丈夫的想起了村长同乡绅那些大人物的威风。于是这丈夫不必指点，也就知道往后舱钻去，躲到那后梢舱上去低低的喘气，一面把含在口上那枝卷烟摘下来，毫无目的地眺望河中暮景。夜把河上改变了，岸上河上已经全是灯火。这丈夫到这时节一定要想起家里的鸡同小猪，仿佛那些小小东西才是自己的朋友，仿佛那些才是亲人；如今和妻接近，与家庭却离得很远，淡淡的寂寞袭上了身，他愿意转去了。

当真转去没有？不。三十里路，路上有豺狗，有野猫，有查夜放哨的团丁，全是不好惹的东西，转去实在做不到。船上的大娘自然还得留他上“三元宫”看夜戏，到“四海春”去喝清茶。并且既然到了市上，大街上的灯同城市中人更不可不去看看。于是留下了，坐在后舱看河中景致，等候大娘的空暇。到后要上岸时，就由船边小阳桥攀援篷架到船头；玩过后，仍然由那旧地方转到船上，小心小心使声音放轻，省得留在舱里躺到床上烧烟的客人发怒。

到要睡觉的时候，城里起了更，西梁山上的更鼓咚咚响了一会，悄悄地从板缝里看看客人还不走，丈夫没有什么话可说，就在梢舱上新棉絮里一个人睡了。半夜里，或者已睡着，或者还在胡思乱想，那媳妇抽空爬过了后舱，问是不是想吃一点糖。本来非常欢喜口含片糖的脾气，做媳妇的记得清楚明白，所以即或说已经睡觉，已经吃过，也仍然还是塞了一小片糖在口里。媳妇用着略略抱怨自己那种神气走去了。丈夫把糖含在口里，正像仅仅为了这一点理由，就得原谅媳妇的行为，尽她在前舱陪客，自己仍然很和平的睡觉了。

这样丈夫在黄庄多着！那里出强健女子同忠厚男人。地方实在太穷了，一点点收成照例要被上面的人拿去一大半，手足贴地的乡下人，任你如何勤省耐劳的干做，一年中四分之一时间，即或用红薯叶和糠灰拌和充饥，总还是不容易对付下去。地方虽在山中，离大河码头只三十里，由于习惯，女子出乡讨生活，男人通明白这做生意的一切利益。他懂事，女人名分仍然归他，养得儿子归他，有了钱，也总有一部分归他。

那些船只排列在河下，一个陌生人，数来数去是永远无法数清的。明白这数目，而且明白那秩序，记忆得出每一个船和摇船人样子，是五区一个老“水保”。

水保是个独眼睛的人。这独眼据说在年轻时节因殴斗杀过一个水上恶人，因为杀人，同时也就被人把眼睛抠瞎了。但两只眼睛不能分明的，他一只眼睛却办到了。一个河里都由他管事。他的权力在这些小船上，比一个中国的皇帝、总统在地面上的权力还统一集中。

涨了河水，水保比平时似乎忙多了。由于责任，他得各处去看看，是不是有些船上做父母的上了岸，小孩子在哭奶了。是不是有些船上在吵架，需要排难解纷。是不是有些船因照料无人，有溜去的危险。在今天，这位大爷，并且要到各处去调查一些从岸上发生影响到了水面的事情。岸上这几天来出过三次小抢案，据公安局那方面人说，凡地上小缝小罅都找寻到了，还是毫无线索。地上小缝小罅都亏那些体面的在职从公人员找过，于是水保的责任便到了。他得了通知，就是那些说谎话的公安局办事处通知，要他到半夜会同水面武装警察上船去搜索“歹人”。

水保得到这消息时是上半天。一个整白天他要做许多事情。他要先尽一些从平日受人款待好酒好肉而来的义务了。于是沿了河岸，从第一号船起始，每个船上去谈谈话。他得先调查一下，问问这船上是不是留容得有不端正的外乡人。

做水保的人照例是水上一霸，凡是属于水面上的事情他无有不知。这人本来就是一个吃水上饭的人，是立于法律同官府对面，按照习惯被官吏来利用，处治这水上一切的。但人一上了年纪，世界成天变，变去变来这人有了钱，成过家，喝点酒，生儿育女，生活安舒，慢慢的转成一个和平正直的人了。在职务上帮助官府，在感情上却亲近了船家。在这些情形上面他建设了一个道德的模范。他受人尊敬不下于官，却不让人害怕厌恶。他做了河船上许多妓女的干爹。由于这

些社会习惯的联系，他的行为处事是靠在水上人一边的。

他这时节正从一个跳板上跃到一只新油漆过的“花船”头，那船位置在较清静的一家莲子铺吊脚楼下，他认得这只船归谁管业，一上船就喊“七丫头”。

没有声音。年轻的女人不见出来，年老的掌班也不见出来。老年人很懂事情，以为或者是大白天有年轻男子上船做呆事，就站在船头眺望，等了一会。

过一阵，他又喊了两声，又喊伯妈，喊五多；五多是船上的小毛头，年纪十二岁，人很瘦，声音尖锐，平时大人上了岸就守船，买东西煮饭，常常挨打，爱哭，过了一会儿又唱起小调来。但是喊过五多后，也仍然得不到结果。因为听到舱里又似乎实在有声音，像人出气，不像全上了岸，也不像全在做梦。水保就偻身窥觑舱口，向暗处询问“是谁在里面”。

里面还是不敢作答。

水保有点生气了，大声地问：“你是哪一个？”

里面一个很生疏的男子声音，又虚又怯回答说：“是我。”接着又说：“都上岸去了。”

“都上岸了么？”

“上岸了。她们……”

好像单单是这样答应，还深恐开罪了来人，这时觉得有一点义务要尽了，这男子于是从暗处爬出来，在舱口，小心小心扳着篷架，非常拘束的望着来人。

先是望到那一对似乎是用柿油涂过的猪皮靴子，上去一点是一个赭色柔软麂皮抱兜，再上去是一双回环抱着的毛手，满是青筋黄毛，手上有颗其大无比的黄金戒指，再上去才是一块正四方形像是无数橘子皮拼合而成的脸膛。这男子，明白这是有身份的主顾了，就学着城市里人说话：“大爷，您请里面坐坐，她们就回来。”

从那说话的声音，以及干浆衣服的风味上，这水保一望就明白这个人是才从乡下来的种田人。本来女人不在船就想走，但年轻人忽然使他发生了兴味，他留着了。

“你从什么地方来的？”他问他。为了不使人拘束，水保取得是做父亲的和平样子，望到这年轻人，“我认不得你。”

他想了一下，好像也并不认得客人，就回答：“我是昨天来的。”

“乡下麦子抽穗了没有？”

“麦子吗？水碾子前我们那麦子，嘿，我们那猪，嘿，我们那……”

这个人，像是忽然明白了答非所问，记起了自己是同一个有身份的城里人说话，不应当说“我们”，不应当说“我们水碾子”同“猪”。把字眼儿用错，所以再也接不下去了。

因为不说话，他就怯怯地望到水保微笑，他要人了解他，原谅他——他是一个正派人，并不敢有意张三拿四。

水保懂得这个意思的。且在这对话中，明白这是船上人的亲戚了，他问年轻人：“老七到什么地方去了？什么时候可以回来？”

这时节，这年轻人答语小心了。他仍然说：“是昨天来的。”他又告水保，他“昨天晚上来的”；末了才说，老七同掌班同五多上岸烧香去了，要他守船。因为守船必得把守船身份说出，他还告给了水保，他是老七的“汉子”。

因为老七平常喊水保都喊“干爹”，这干爹第一次认识了女婿，不必挽留，再说了几句，不到一会儿，两人皆爬进舱中了。

舱中有个小小床铺，床上有锦绸同红色印花洋布铺盖，折叠得整整齐齐。来客照规矩应当坐在床沿。光线从舱口来，所以在外面以为舱中极黑，到里面却一切分明。

年轻人为客找烟卷，找自来火，毛脚毛手打翻了身边那个贮栗子的小坛子，圆而发乌金光泽的板栗便在薄明的船舱里各处滚去，年轻人各处用手去捕捉，仍然放到小坛中去，也不知道应当请客人吃点东西。但客人却毫不客气，从舱板上把栗拾起咬破了吃，且说这风干的栗子真好。

“这个很好，你不欢喜么？”因为水保见到主人并不剥栗子吃。

“我欢喜。这是我屋后栗树上长的。去年生了好多，乖乖的从刺球里爆出来，我欢喜。”他笑了，近于提到自己儿子模样，很高兴说这个话。

“这样大栗子不容易得到。”

“我一个一个选出来的。”

“你选的？”

“是的，因为老七喜欢吃这个，我才留下来。”

“你们那里可有猴栗？”

“什么猴栗？”

水保就把故事所说的：“猴子在大山上住，被人辱骂时，抛下拳大栗子打人。人想得到这栗子，就故意去山下骂丑话，预备捡栗子。”一一说给乡下人听。

因为栗子，正苦无话可说的年轻人，得到同情他的人了。他知道的乡下问题可多咧。于是他说到地名“栗坳”的新闻。又说到一种栗木作成的犁柄如何结实合用。这个人太需要说些家常了。昨天来一晚上都有客人吃酒烧烟，把自己关闭在小船后梢，同五多说话，五多却睡得成死猪。今天一早上，本来应当有机会同媳妇谈到乡下事情了，女人又说要上岸过七里桥烧香，派他一个人守船。坐船上等了半天，还不见人回，到后梢去看河上景致，一切新奇不同，只给自己发闷。先一时，正睡在舱里，就想这满江大水若到乡下去涨，鱼梁上不知道应当有多少鲤鱼上梁！把鱼捉来时，用柳条穿腮到太阳下去晒，正计算那数目，总算不清楚。忽然客人来到船上，似乎一切鱼都争着跳进水中去了。

来了客人，且在神气上看出来人是并不拒绝这些谈话的，所以这年轻人，凡是预备到同自己媳妇在枕边诉说的各样事情，这时得到了一个好机会，都拿来同水保谈着。

他告给水保许多乡下情形，说到小猪捣乱的脾气，叫小猪做“乖乖”。又说到新由石匠整治过的那副石磨，顺便告给了一个石匠的笑话。又提起一把失去了多久的小镰刀，一把水保梦想不到的小镰刀，他说：

“你瞧，奇怪不奇怪？我赌咒我各处都找到了。我们的床下、门枋上、仓角里，什么地方不找到？它简直躲了。躲猫猫一样，不见了。我为这件事骂老七。老七哭过。可还是不见。鬼打岩，蒙蒙眼，原来它躲在屋梁上饭箩里！半年躲在饭箩里！它吃饭！一身锈得像生疮。这东西多坏多狡猾！我说这个你明白我没有？怎么会到饭箩里半年？那是一只做样子的东西，挂到斗窗上。我记起那事了，是我削楔子，手上刮了皮，流了血，生了大气，赌气把刀那么一丢……到水上磨了半天，还不错，仍然能吃肉，你一不小心，就得流血。我还不曾同老七说起这个，她不会忘记那哭得伤心的一回事。找到了，哈哈，真找到了。”

“找到它就好了。”水保随便那么说着。

“是的，得到了它那是好的。因为我总疑心这东西是老七掉到溪里，不好意思说明。我知道她不骗我了。我明白了。我知道她受了冤屈，因为我说过：‘找不出么？那我就要打人！’我并不曾动过手。可是生气时也真吓人。她哭了半夜！”

“你是用它割草么？”

“嗨，哪里，用处多咧。是小镰刀，那么精巧，你怎么说割草？那是削一点薯皮，刮刮箫，这些用的。小得很，值三百钱，钢火妙极了。我们都应当有这样一把刀，放到身边，不明白么？”

水保说：“明白明白。都应当有一把，我懂你这个话。”

他以为水保当真懂的，因此再说下去，什么也说到了。甚至于希望明年来一个小宝宝，这样只合宜于同自己的媳妇睡到一个枕头上商量的话也说到了。年轻人毫无拘束的还加上许多粗话蠢话。说了半天，水保起身要走了，他记起问客人贵姓。

“大爷，您贵姓？留一个片子到这里，我好回话。”

“不用不用。你只告他有这么一个大个儿到过船上，穿这样大靴子，告她晚上不要接客，我要来。”

“不要接客，您要来？”

“就是这样说。我一定要来的。我还要请你喝酒。我们是朋友。”

“是朋友，是朋友。”

水保用他那大而厚的手掌，拍了一下年轻人的肩膊，从船头跃上岸，走到别一个船上去了。

水保走去后，年轻人就一面等候，一面猜想这个大汉子是谁。他还是第一次和这样尊贵的人物谈话，他不会忘记这很好的印象的。人家今天不仅是和他谈话，还喊他做朋友，答应请他喝酒！他猜想这人一定是老七的熟客。他猜想老七一定得了这人许多钱。他忽然觉得愉快，感到要唱一个歌了，就轻轻的唱了一首山歌，用四溪人体裁，他唱的是“水涨了，鲤鱼上梁，大的有大草鞋那么大，小的有小草鞋那么小”。

但是等了一会，还不见老七回来，一个鬼也不回来，他又想起那大汉子的丰采言谈了。他记起那一双靴子，闪闪发光，以为不是极好的山柿油涂到上面，是不会如此体面好看的。他记起那黄而发沉的戒指，说不分明那将值多少钱，一点不明白那宝贝为什么如此可爱。他记起那伟人点头同发言，一个督抚的派头，一个省长的身份——这是老七的财神！他于是又唱了一首歌，用杨村人不庄重口吻，唱的是“山坳里团总烧炭，山脚里地保爬灰；爬灰红薯才肥，烧炭脸庞发黑”。

到午时，各处船上都已经有人在烧饭了。湿柴烧不燃，烟子各处窜，使人流泪打嚏。柴烟平铺到水面时如薄绸。听到河街馆子里大师傅用铲子敲打锅边的声音，听到邻船上白菜落锅的声音，老七还不见回来。可是船上烧湿柴的本领年轻人还没有学会，小钢灶总是冷冷的不发吼。做了半天还是无结果，只有拿它放下了。

应当吃饭时候不得吃饭，人饿了，坐到小凳上敲打舱板，他仍然得想一点事情。一个不安分的估计在心上滋长了。正似乎为装满了钱钞便极其骄傲模样的抱兜，在他眼下再现时，把原有和平失去了。一个用酒糟同红血所捏成的橘皮红色四方脸，也是极其讨厌的神气，保留在印象上。并且，要记忆有什么用？他记忆得到那嘱咐，是当到一个丈夫面前说的！“今晚上不要接客，我要来。”该死的话，是那么不客气的从那吃红薯的大口里说出！为什么要说这个？有什么理由要说这个？……

胡想使他心上增加了愤怒，饥饿重复揪着了这愤怒的心，便有一些原始人不缺少的情绪，在这个年轻简单的人情绪中滋长不已。

他不能再唱一首歌了。喉咙为妒忌所扼，唱不出什么歌。他不能再有什么快乐。按照一个种田人的脾气，他想到明天就要回家。

有了脾气，再来烧火，自然更不行了，于是把所有的柴全丢到河里去了。

“雷打你这柴！要你到洋里海里去！”

但那柴是在两三丈以外，便被别个船上的人捞起了的。那船上人似乎一切都准备好了，正等待一点从河面漂流而来的湿柴，把柴捞上，即刻就见到用废缆一段引火，且即刻满船发烟，火就带着小小爆裂声音燃好了。眼看这一切，新的愤怒使年轻人感到羞辱，他想不必等待人回船就走路。

在街尾却遇到女人同小毛头五多两个人，正牵了手说着笑着走来。五多手上拿得有一把胡琴，崭新的样子，这是做梦也不曾遇到的一个好家伙。

“你走哪里去？”

“我——要回去。”

“教你看船船也不看，要回去，什么人得罪了你，这样小气？”

“我要回去，你让我回去。”

“回到船上去！”

看看媳妇，样子比说话还硬劲。并且看到那一张胡琴，明知道这是特别买来给他的，所以再不能坚持。摸了摸自己发烧的额角，幽幽地说：“回去也好，回去也好。”就跟了媳妇的身后跑转船上。

掌班大娘也赶来了。原来提了一副猪肺，好像东西只是乘便偷来的，深恐被人追上带到衙门里去，所以跑得颧骨发了红，喘气不止。大娘一上船，女人在舱中就喊：

“大娘，你瞧，我家汉子想走！”

“谁说的，戏也不看就走！”

“我们到街口碰到他，他生气样子，一定是怪我们不早回来。”

“那是我的错；是菩萨的错；是屠户的错。我不该同屠户为一个钱吵闹半天，屠户不该肺里灌了这样多水。”

“是我的错。”陪男子在舱里的女人，这样说了一句话，坐下了。对面是男子汉。她于是有意的在把衣服解换时，露出极风情的红绫胸褡。胸褡上绣了“鸳鸯戏荷”，是上月自己亲手新作的。

男子觑着不说话。有说不出的什么东西，在血里窜着涌着。在后梢，听到大娘同五多谈着柴米。

“怎么，我们的柴都被谁偷去了？”

“米是谁淘好的？”

“一定是火烧不燃。……姐夫是乡下人，只会烧松香。”

“我们不是昨天才解散一捆柴么？”

“都完了。”

“去前面搬一捆，不要说了。”“姐夫只知道淘米！”小五多一面说一面笑。

听到这些话的年轻汉子，一句话不说，静静地坐在舱里，望着那一把新买来的胡琴。

女人说：“弦早配好了，试拉拉看。”

先是不做声，到后把琴搁在膝上，查看琴筒上的松香。调弦时，生疏的音响从指间流出，拉琴人便快乐的微笑了。

不到一会满舱是烟，男子被女人喊出，依旧把琴拿到外面去，站在船头调弦。

到吃中饭时，五多说：

“姐夫你回头拉《孟姜女哭长城》，我唱。”

“我不会拉！”

“我听说你拉得很好，你骗我，谎我。”

“我不骗你。我只会拉《娘送女》流水板。”

大娘说：“我听老七说你拉得好，所以到庙里，一见这琴，我想起你，才说就为姐夫买回去吧。真是运气，烂贱就买来了。这到乡里一块钱还恐怕买不到，不是么？”

“是的，多少钱？”

“一吊六。他们都说值得！”

五多笑着搭嘴说：“谁那么说值得？”

大娘很生气的说：“毛丫头，谁说不值得？你知道什么？撕你的嘴！”

五多把舌伸伸，表示口不关风说错了话。

原来这琴是从个卖琴熟人手上拿来，一个钱不花。听到大娘的谎话，五多分辩，大娘就骂五多。老七却笑了。男子以为这是笑大娘不懂事，所以也在一旁干笑着。

男子先把饭一骨碌吃完，就动手拉琴，新琴声音又清又亮。五多高兴到得意忘形，放下碗筷唱将起来，被大娘结结实实打了一筷子头，才忙着吃饭，收碗，洗锅子。

到了晚上，前舱盖了篷，男子拉琴，五多唱歌，老七也唱歌。美孚灯罩子有红纸剪成的遮光帽，全舱灯光红红的如过年办喜事。年轻人在热闹中心上开了花。可是不多久，有兵士从河街过身，喝得烂醉，听到这声音了。

两个醉鬼跟跟跄跄到了船边，两手全是污泥，手扳船沿，像含胡桃那么混混糊糊地嚷叫：

"什么人唱，报上名来！唱得好，赏一个五百。不听到么？老子赏你五百！"

里面琴声戛然而止，沉静了。

醉鬼用脚不住踢船，篷篷篷发出钝而沉闷的声音。且想推篷，搜索不到篷盖接榫处。于是又叫嚷："不要赏么……装聋，装哑？什么人敢在这里作乐？我怕谁？皇帝我也不怕。大爷，我怕皇帝我不是人！我们军长师长，都是混账王八蛋，是皮蛋鸡蛋，寡了的臭蛋，我才不怕！"

另一个喉咙发沙的说道：

"出来拖老子上船！"

并且即刻听到用石头打船篷，大声的辱宗骂祖，一船人都吓慌了。大娘忙把灯扭小一点，走出去推篷。男子听到那汹汹声气，夹了胡琴就往后舱钻去。不一会，醉人已经进到前舱了，两个人一面说着野话，一面还要争夺同老七亲嘴，同大娘、五多亲嘴。且听到有个哑嗓子问："是什么人在此唱歌作乐？把拉琴的抓来，再为老子唱一个歌。"

大娘不敢做声，老七也无了主意，两个酒疯子就大声的骂人：

"臭货，喊龟子出来，跟老子拉琴，赏一千！英雄盖世的曹孟德也不会这样大方！我赏一千，一千个红薯。快来，不出来我烧掉你们这只船！听着没有，老东西！赶快，莫让老子们生了气，灯笼子认不得人！"

"大爷，这是我们自己家几个人玩玩，不是外人……"

"不！不！不！老婊子，你不中吃。你老了，皱皮柑！快叫拉琴的来！杂种！我要拉琴，我要自己唱！"一面说一面便站起身来，想向后舱去搜寻。大娘弄慌了，把口张大合不拢去。老七人急智生，拖着那醉鬼的手，安置到自己的大奶上。醉鬼懂到这个意思，又坐下了。“好的，妙的，老子出得起钱。老子今天晚上要到这里睡觉！……孤王酒醉桃花宫，韩素梅生来好貌容……”

这一个在老七左边躺下去后，另一个不说什么，也在右边躺了下去。

年轻人听到前舱仿佛安静了一会，在隔壁轻轻地喊大娘。正感到一种侮辱的大娘，悄悄爬过去，男子还不大分明是什么事情，问大娘：“什么事情？”

“营上的副爷，醉了，像猫。等一会儿就得走。”

“要走才行。我忘记告你们了，今天有一个大方脸人来，好像大官，吩咐过我，他晚上要来，不许留客。”

“是脚上穿大皮靴子，说话像打锣么？”

“是的，是的。他手上还有一个大金戒指。”

“那是老七干爹。他今早上来过了么？”

“来过的。他说了半天话才走，吃过些风干栗子。”

“他说些什么？”

“他说一定要来，一定莫留客……还说一定要请我喝酒。”

大娘想想，来做什么？难道是水保自己要来歇夜？难道是老对老，水保注意到……想不通，一个老鸨虽说一切丑事做成习惯，什么也不至于红脸，但被人说到“不中吃”时，是多少感到一种羞辱的。她悄悄的回到前舱，看前舱新事情不成样子，扁了扁瘪嘴，骂了一声“猪狗”，终归又转到后舱来了。

“怎么？”

“不怎么。”

“怎么，他们走了？”

“不怎么，他们睡了。”

“睡了——？”

大娘虽看不清楚这时男子的脸色，但她很懂得这语气，就说：“姐夫，你难得上城来，我们可以上岸玩玩去，今夜三元宫夜戏，我请你坐高台子，戏是《秋胡三戏结发妻》。”

男子摇头不语。

兵士胡闹了一阵走去后，五多、大娘、老七都在前舱灯光下说笑，说那兵士的醉态。男子留在后舱不出来。大娘到门边喊过了二次，不答应，不明白这脾气从什么地方发生。大娘回头就来检查那四张票子的花纹，因为她已经认得出票子的真假了。票子倒是真的，她在灯光下指点给老七看那些记号，那些花，且放近鼻子上嗅嗅，说这个一定是清真牛肉馆子里找出来的，因为有牛油味道。

五多第二次又走过去，“姐夫，姐夫，他们走了，我们来把那个唱完，我们还得……”

女人老七像是想到了什么心事，拉着了五多，不许她说话。

一切沉默了。男子在后舱先还是正用手指扣琴弦，作小小声音，这时手也离开那弦索了。

船上四个人都听到从河街上飘来的锣鼓、唢呐声音。河街上一个做生意人办喜事，客来贺喜，大唱堂戏，一定有一整夜的热闹。

过了一会，老七一个人轻脚轻手爬到后舱去，但即刻又回来了。显然是要讲和，交涉办不好。

大娘问：“怎么了？”

老七摇摇头，叹了一口气，“牛脾气，让他去。”

先以为水保恐怕不会来的，所以大家仍然睡了觉，大娘、老七、五多三个人在前舱，只把男子放到后面。

查船的在半夜时，由水保领来了。水面鸦雀无声，四个全副武装警察守在船头，水保同巡官晃着手电筒进到前舱。这时大娘已把灯捻明了，她经验多，懂得这不是大事情。老七披了衣坐在床上，喊“干爹”，喊“巡官老爷”，要五多倒茶。五多还睡意迷蒙，只想到梦里在乡下摘三月莓！

男子被大娘摇醒揪出来，看到水保，看到一个穿黑制服的大人物，吓得不能说话，不晓得有什么严重事情发生。那巡官于是装成很有威风的神气开了口：“这是什么人？”

水保代为答应：“老七的汉子，才从乡下来走亲戚。”

老七补说道：“巡官，他昨天才来。”

巡官看了一会儿男子，又看了一会儿女人，仿佛看出水保的话不是谎话，就不再说话了。随意在前舱各处翻翻，待注意到那个贮风干栗子的小坛子时，水保便抓了大把栗子，塞进巡官那件体面制服的大口袋里去。巡官只是笑，也不说什么。

一伙人一会儿就走到另一船上去了。大娘刚要盖篷，一个警察回来传话：

“大娘，大娘，你告老七，巡官要回来过细考察她一下，你懂不懂？”

大娘说：“就来么？”

“查完夜就来。”

“当真吗？”

“我什么时候同你这老婊子说过谎？”

大娘很欢喜的样子，使男子奇怪。因为他不明白为什么巡官还要回来考察老七。但这时节望到老七睡起的样子，上半晚的气已经没有了，他愿意讲和，愿意同她在床上说点家常私话，商量件事情，就傍床沿坐定不动。

大娘像是明白男子的心事，明白男子的欲望，也明白他不懂事，故只同老七打知会，“巡官就要来的！”

老七咬着嘴唇不做声，半天发痴。

男子一早起身就要走路，沉沉默默的一句话不说，端整了自己的草鞋，找到了自己的烟袋。一切归一了，就坐到那矮床边沿，像是有话说又说不出口。

老七问他：“你不是答应过干爹，到他家喝酒吗？”

“……”摇摇头不作答。

“人家特意为你办了酒席！四盘四碗一火锅，大面子事情，难道好意思不领情？”

“……”

“戏也不看看么？”

“……”

“‘满天红’的荤油包子，到半日才上笼，那是你欢喜的包子！”

“……”

一定要走了，老七很为难，走出船头呆了一会，回身从荷包里掏出昨晚上那兵士给的票子来，点了一下数目，一共四张，捏成一把塞到男子左手心里去。男子无话说。老七似乎懂到那意思了，“大娘，你拿那三张也把我。”大娘将钱取出，老七又将这钱点数一下，塞到男子右手心里去。

男子摇摇头，把票子撒到地下去，两只大而粗的手掌捂着脸孔，像小孩子那样莫名其妙地哭了起来。

五多同大娘看情形不好，一齐逃到后舱去了。五多心想这真是怪事，那么大的人会哭，好笑！可是她并不笑。她站在船后梢看见挂在梢舱顶梁上的胡琴，很愿意唱一个歌，可是不知为什么也总唱不出声音来。

水保来船上请远客吃酒时，只有大娘同五多在船上，问及时，才明白两夫妇一早都回转乡下去了。

我看门上——门上那个册叶小窗露着一个鬼脸，向我们张望；月光斜映，隔着玻璃纱帐看得分外明晰。说时迟，那时快。那个鬼脸一晃，就沉下去不见了。我不知从那里涌上一股勇气，推开阿圆，三步跳去，拉开门。

门外是两个女鬼！

一个由通正屋的小巷窜远了；一个则因逃避不及，正在我的面前蹲着。

“是姑姑吗？”

“唔——”幽沉的一口气。

我抹着额上的冷汗，不禁轻松地笑了。我说：

“阿圆，莫怕了，是姑姑。”

华威先生

——张天翼

转弯抹角算起来——他算是我的一个亲戚。我叫他“华威先生”。他觉得这种称呼不大好。

“嗳，你真是！”他说。“为什么一定要个‘先生’呢。

你应当叫我‘威弟’。再不然叫‘阿威’。”

把这件事交涉过了之后，他立刻戴上了帽子：

“我们改日再谈好不好？我总想畅畅快快跟你谈一次——唉，可总是没有时间。今天刘主任起草了一个县长公余工作方案，硬叫我参加意见，叫我替他修改。三点钟又还有一个集会。”

这里他摇摇头，没奈何地苦笑了一下。他声明他并不怕吃苦：在抗战时期大家都应当苦一点。不过——时间总要够支配呀。

“王委员又打了三个电报来，硬要请我到汉口去一趟。这里全省文化界抗敌总会又成立了，一切抗战工作都要领导起来才行。我怎么跑得开呢，我的天！”

于是匆匆忙忙跟我握了握手，跨上他的包车。

他永远挟着他的公文皮包。并且永远带着他那根老粗老粗的黑油油的手杖。左手无名指上戴着他的结婚戒指。拿着雪茄的时候就叫这根无名指微微地弯着，而小指翘得高高的，构成一朵兰花的图样。

这个城市里的黄包车谁都不作兴跑，一脚一脚挺踏实地踱着，好像饭后千步似的。可是包车例外：叮当，叮当，叮当，——一下子就抢到了前面。

黄包车立刻就得往左边躲开，小推车马上打斜。担子很快地就让到路边。行人赶紧就避到两旁的店铺里去。

包车踏铃不断地响着。钢丝在闪着亮。还来不及看清楚——它就跑得老远老远的了，像闪电一样快。

而——据这里有几位抗战工作者的上层分子的统计——跑得顶快的是那位华威先生的包车。

他的时间很要紧。他说过——“我恨不得取消晚上睡觉的制度。我还希望一天不止二十四小时。抗战工作实在太多了。”

接着掏出表来看一看，他那一脸丰满的肌肉立刻紧张了起来。眉毛皱着，嘴唇使劲撮着，好像他在把全身的精力都要收敛到脸上似的。他立刻就走：他要到难民救济会去开会。

照例——会场里的人全到齐了坐在那里等着他。他在门口下车的时候总得顺便把踏铃踏它一下：叮！

同志们彼此看着：唔，华威先生到会了。有几位透了一口气。有几位可就拉长了脸瞧着会场门口。有一位甚至于要准备决斗似的——抓着拳头瞪着眼。

华威先生的态度很庄严，用种从容的步子走进去，他先前那副忙劲儿好像被他自己的庄严态度消解掉了。他在门口稍微停了一会儿，让大家好把他看个清楚，仿佛要唤起同志们的一种信任心，仿佛要给同志们一种担保——什么困难的大事也都可以放下心来。他并且还点点头。他眼睛并不对着谁，只看着天花板。他是在对整个集体打招呼。

会场里很静。会议就要开始。有谁在那里翻着什么纸张，窸窸窣窣的。

华威先生很客气地坐到一个冷角落里，离主席位子顶远的一角。他不大肯当主席。

“我不能当主席，”他拿着一支雪茄烟打手势。“工人抗战工作协会的指导部今天开常会。通俗文艺研究会的会议也是今天。伤兵工作团也要去的，等一下。你们知道我的时间不够支配：只容许我在这里讨论十分钟。我不能当主席。我想推举刘同志当主席。”

说了就在嘴角上闪起一丝微笑，轻轻地拍几下手板。

主席报告的时候，华威先生不断地在那里括洋火点他的烟。把表放在面前，时不时像计算什么似的看看它。

“我提议！”他大声说。“我们的时间是很宝贵的：我希望主席尽可能报告得简单一点。我希望主席能够在两分钟之内报告完。”

他括了两分钟洋火之后，猛地站了起来。对那正在哇啦哇啦的主席摆摆手：“好了，好了。虽然主席没有报告完，我已经明白了。我现在还要赴别的会，让我先发表一点意见。”

停了一停。抽两口雪茄，扫了大家一眼。

“我的意见很简单，只有两点，”他舔舔嘴唇。“第一点，就是——每个工作人员不能够怠工。而是相反，要加紧工作。这一点不必多说，你们都是很努力的青年，你们都能热心工作。我很感谢你们。但是还有一点——你们时时刻刻不能忘记，那就是我要说的第二点。”

他又抽了两口烟，嘴里吐出来的可只有热气。这就又括了一根洋火。

“这第二点呢就是：青年工作人员要认定一个领导中心。你们只有在这一个领导中心的领导之下，抗战工作才能够展开。青年是努力的，是热心的，但是因为理解不够，工作经验不够，常常容易犯错误。要是上面没有一个领导中心，往往要弄得不可收拾。”

瞧瞧所有的脸色，他脸上的肌肉耸动了一下——表示一种微笑。他往下说：“你们都是青年同志，所以我说得很坦白，很不客气。大家都要做抗战工作，没有什么客气可讲。我想你们诸位青年同志一定会接受我的意见。我很感激你们。好了，抱歉得很，我要先走一步。”

把帽子一戴，把皮包一挟，瞧着天花板点点头，挺着肚子走了出去。

到门口可又想起了一件什么事。他把当主席的同志拽开，小声儿谈了几句。

“你们工作——有什么困难没有？”他问。

“我刚才的报告提到了这一点，我们……”

华威先生伸出个食指顶着主席的胸脯：

“唔，唔，唔。我知道我知道。我没有多余的时间来谈这件事。以后——你们凡是想到的工作计划，你们可以到我家里去找我商量。”

坐在主席旁边那个长头发青年注意地看着他们，现在可忍不住插嘴了：“星期三我们到华先生家里去过三次，华先生不在家……”

那位华先生冷冷地瞅他一眼，带着鼻音哼了一句——“唔，我有别的事。”

又对主席低声说下去：“要是我不在家，你们跟密司黄接头也可以。密司黄知道我的意见，她可以告诉你们。”

密司黄就是他的太太。他对第三者说起她来，总是这么称呼她的。

他交代过了这才真的走开。这就到了通俗文艺研究会的会场。他发现别人已经在那里开会，正有一个人在那里发表意见。他坐了下来，点着了雪茄，不高兴地拍了三下手板。

“主席！”他叫。“我因为今天另外还有一个集会，我不能等到终席。我现在有点意见，想要先提出来。”

于是他发表了两点意见：第一，他告诉大家——在座的人都是当地的文化人，文化人的工作是很重要的，应当加紧地做去。第二，文化人应当认清一个领导中心，文化人在文抗会的领导中心的领导之下团结起来，统一起来。

五点三刻他到了文化界抗敌总会的会议室。

这回他脸上堆上了笑容，并且对每一个人点头。

“对不住得很，对不住得很：迟到了三刻钟。”

主席对他微笑一下，他还笑着伸了伸舌头，好像闯了祸怕挨骂似的。他四面瞧瞧形势，就拣在一个小胡子的旁边坐下来。

他带着很机密很严重的脸色——小声儿问那个小胡子：“昨晚你喝醉了没有？”

“还好，不过头有点子晕。你呢？”

“我啊——我不该喝了那三杯猛酒，”他严肃地说。“尤其是汾酒，我不能猛喝。刘主任硬要我干掉——嗨，一回家就睡倒了。密司黄说要跟刘主任去算账呢：要质问他为什么要把我灌醉。你看！”

一谈了这些，他赶紧打开皮包，拿出一张纸条——写几个字递给了主席。

“请你稍为等一等，”主席打断了一个正在发言的人的话。“华威先生还有别的事情要走。现在他有点意见：要求先让他发表。”

华威先生点点头站了起来。

“主席！”腰板微微地一弯。“各位先生！”腰板微微地一弯。“兄弟首先要请求各位原谅：我到会迟了点，而又要提前退席。……”

随后他说出了他的意见。他声明——这文化界抗敌总会的常务理事会，是一切救亡工作的领导机关，应该时时刻刻起领导中心作用。

“群众是复杂的。工作又很多。我们要是不能起领导作用，那就很危险，很危险。事实上，此地各方面的工作也非有个领导中心不可。我们的担子真是太重了，但是我们不怕怎样的艰苦，也要把这担子担起来。”

他反复他说明了领导中心作用的重要，这就戴起帽子去赴一个宴会。他每天都这么忙着。要到刘主任那里去联络。要到各学校去演讲。要到各团体去开会。而且每天——不是别人请他吃饭，就是他请人吃饭。

华威太太每次遇到我，总是代替华威先生诉苦。

“唉，他真苦死了！工作这么多，连吃饭的工夫都没有。”

“他不可以少管一点，专门去做某一种工作么？”我问。

“怎么行呢？许多工作都要他去领导呀。”

可是有一次，华威先生简直吃了一大惊。妇女界有些人组织了一个战时保婴会，竟没有去找他！

他开始打听，调查。他设法把一个负责人找来。

“我知道你们委员会已经选出来了。我想还可以多添加几个。由我们文化界抗敌总会派人来参加。”

他看见对方在那里踌躇，他把下巴挂了下来：“问题是在这一点：你们委员是不是能够真正领导这工作？你能不能够对我担保——你们会内没有汉奸，没有不良份子？你能不能担保——你们以后工作不至于错误，不至于怠工？你能不能担保，你能不能？你能够担保的话，那我要请你写个书面的东西，给我们文抗会常务理事会。以后万一——如果你们的工作出了毛病，那你就要负责。”

接着他又声明：这并不是他自己的意思。他不过是一个执行者。这里他食指点点对方胸脯：“如果我刚才说的那些你们办不到，那不是就成了非法团体了么？”

这么谈判了两次，华威先生当了战时保婴会的委员。于是在委员会开会的时候，华威先生挟着皮包去坐这么五分钟，发表了一两点意见就跨上了包车。

有一天他请我吃晚饭。他说因为家乡带来了一块腊肉。

我到他家里的时候，他正在那里对两个学生样的人发脾气。他们都挂着文化界抗敌总会的徽章。

“你昨天为什么不去，为什么不去？”他吼着。“我叫你拖几个人去的。但是我在台上一开始演讲，一看——连你都没有去听！我真不懂你们干了些什么？“

“昨天——我去出席日本问题座谈会的。”

华威先生猛地跳起来了：“什么！什么！日本问题座谈会？怎么我不知道，怎么不告诉我？”

“我们那天部务会议决议了的。我来找过华先生，华先生又是不在家——”

“好啊，你们秘密行动！”他瞪着眼。“你老实告诉我——这个座谈会到底是什么背景，你老实告诉我！”

对方似乎也动了火：“什么背景呢，都是中华民族！部务会议议决的，怎么是秘密行动呢。……华先生又不到会，开会也不终席，来找又找不到……我们总不能把部里的工作停顿起来。”

“混蛋！”他咬着牙，嘴唇在颤抖着。“你们小心！你们，哼，你们！你们！……”他倒到了沙发上，嘴巴痛苦地抽得歪着。“妈的！这个这个——你们青年！……”

五分钟之后他抬起头来，害怕地四面看一看。那两个客人已经走了。他叹一口长气，对我说：“唉，你看你看！现在的青年怎么办，现在的青年！”

这晚他没命地喝了许多酒，嘴里嘶嘶地骂着那些小伙子。他打碎了一只茶杯。密司黄扶着他上了床，他忽然打个寒噤说：

“明天十点钟有个集会……”

箓竹山房

——吴组缃

阴历五月初十日和阿圆到家，正是家乡所谓“火梅”天气：太阳和淫雨交替迫人，那苦况非身受的不能想象。母亲说，前些日子二姑姑托人传了口信来，问我们到家没有；说“我做姑姑的命不好，连侄儿侄媳也冷淡我”。意思之间，是要我和阿圆到她老人家村上去住些时候。

二姑姑家我只于年小时去过一次，至今十多年了。我连年羁留外乡，过的是电灯电影洋装书籍柏油马路的另一世界的生活。每当想起家乡，就如记忆一个年远的传说一样。我脑中的二姑姑家，到现在更是模糊得如云如烟。那座阴森敞大的三进大屋，那间摊乱着雨蚀虫蛀的古书的学房，以及后园中的池塘竹木，想起来都如依稀的梦境。

二姑姑的故事好似一个旧传奇的仿本。她的红颜时代我自然没有见过，但从后来我所见到的她的风度上看来：修长的身材，清癯白皙的脸庞，狭长而凄清的眼睛，以及沉默少言笑的阴暗调子，都和她的故事十分相称。

故事在这里不必说得太多。其实，我所知道的也就有限；因为家人长者都讳谈它。我所知道的一点点，都是日长月远，家人谈话中偶然流露出来，由零碎摭拾起来的。

多年以前，叔祖的学塾中有个聪明年少的门生，是个三代孤子。因为看见叔祖房里的幛幔，笔套，与一幅大云锦上的刺绣，绣的都是各种姿态的美丽蝴蝶，心里对这绣蝴蝶的人起了羡慕之情：而这绣蝴蝶的姑娘因为听叔祖常常夸说这人，心里自然也早就有了这人。这故事中的主人以后是乘一个怎样的机缘相见相识，我不知道，长辈们恐怕也少知道。在我所摭拾的零碎资料中，这以后便是这悲惨故事的顶峰：一个三春天气的午间，冷清的后园的太湖石洞中，祖母因看牡丹花，拿住了一对仓皇失措的系裤带的顽皮孩子。

这幕才子佳人的喜剧闹了出来，人人夸说的绣蝴蝶的小姐一时连丫头也要加以鄙夷。放佚风流的叔祖虽从中尽力撮合周旋，但当时究未成功。若干年后，扬子江中八月大潮，风浪陡作，少年赴南京应考，船翻身亡。绣蝴蝶的小姐那时才十九岁，闻耗后，在桂花树下自缢，为园丁所见，救活了，没死。少年家觉得这小姐尚有稍些可风之处，商得了女家同意，大吹大擂接小姐过去迎了灵柩；麻衣红绣鞋，抱着灵牌参拜家堂祖庙，做了新娘。

这故事要不是二姑姑的，并不多么有趣；二姑姑要没这故事，我们这次也就不致急于要去。

母亲自然怂恿我们去。说我们是新结婚，也难得回家一次。二姑姑家孤寂了一辈子，如今如此想念我们，这点子人情是不能不尽的。但是阿圆却有点怕我们家乡的老太太。这些老太太——举个例，就如我的大伯娘，她老人家就最喜欢搂阿圆在膝上喊宝宝，亲她的脸，咬她的肉，摩挲她的臂膊；又要我和她接吻给她老人家看。一得闲空，就托支水烟袋坐到我们房里来，盯着眼看守着我们做迷迷笑脸，满口反复地说些叫人红脸不好意思的夸羡的话。这种种罗唣，我倒不大在意；可是阿圆就老被窘得脸红耳赤，不知该往哪里躲。——因此，阿圆不愿去。

我知道弊病之所在，告诉阿圆：二姑姑不是这种善于表现的快乐天真的老太太。而且我会投年轻姑娘之所好，照二姑姑原来的故事又编上了许多的动人的穿插，说得阿圆感动得红了眼睛叹长气。听说二姑姑决不会给她那种啰嗦，她的不愿去的心就完全消除；再听了二姑姑的故事，有趣得如从线装书中看下来的一样；又想到借此可以暂时躲避家下的老太太；而且又知道金燕村中风景好，篆竹山房的屋舍阴凉宽畅：于是阿圆不愿去的心，变成急于要去了。

我说金燕村，就是二姑姑的村；篆竹山房就是二姑姑的家宅。沿着荆溪的石堤走，走的七八里地，回环合抱的山峦渐渐拥挤，两岸葱翠古老的槐柳渐密，溪中暗赭色的大石渐多，哗哗的水激石块声越听越近。这段溪，渐不叫荆溪，而是叫响潭。响潭的两岸，槐树柳树榆树更多更老更葱茏，两面缝合，荫罩着乱喷白色水沫的河面，一缕太阳光也晒不下来。沿着响潭两岸的树林中，疏疏落落点缀着二十多座白垩瓦屋。西岸上，紧临着响潭，那座白屋分外大；梅花窗的围墙上面探露着一丛竹子；竹子一半是绿色的，一半已开了花，变成槁色。——这座村子便是金燕村，这座大屋便是二姑姑的家宅篆竹山房。

阿圆是外乡生长的，从前只在中国山水画上见过的景子，一朝忽然身历其境，欣跃之情自然难言。我一时回想起平日见惯的西式房子，柏油马路，烟囱，工厂等等，也觉得是重入梦境，作了许多缥缈之想。

二姑姑多年不见，显见得老迈了。

“昨天夜里结了三颗大灯花，今朝喜鹊在屋脊上叫了三四次，我知道要来人。”

那张苍白皱褶的脸没多少表情。说话的语气，走路的步法，和她老人家的脸庞同一调子：阴暗，凄苦，迟钝。她引我们进到内屋里，自己蹒蹒颤颤地到房里去张罗果盘，吩咐丫头为我们打脸水。——这丫头叫兰花，本是我家的丫头，三十多岁了。二姑姑陪嫁丫头死去后，祖父便拨了身边的这丫头来服侍姑姑，和姑姑作伴。她陪姑姑住守这所大屋子已二十多年，跟姑姑念诗念经，学姑姑绣蝴蝶，她自己说不要成家的。

二姑姑说没指望我们来得如此快，房子都没打扫。领我们参观全宅，顺便叫我们自己拣一间合意的住。四个人分作三排走，姑姑在前，我俩在次，兰花在最后。阿圆蹈着姑姑的步子走，显见得拘束不自在，不时昂头顾我，作有趣的会意之笑。我们都无话说。

屋子高大，阴森，也是和姑姑的人相协调的。石阶，地砖，柱础，甚至板壁上，都染涂着一层深深浅浅的暗绿，是苔尘。一种与陈腐的土木之气混合的霉气扑满鼻官。每一进屋的梁上都吊有淡黄色的燕子窝，有的已剥落，只留着痕迹；有的正孵着雏儿，叫得分外响。

我们每走到一进房子，由兰花先上前开锁；因为除姑姑住的一头两间的正屋而外，其余每一间房，每一道门都是上了锁的。看完了正屋，由侧门一条巷子走到花园中。邻着花园有座雅致的房，门额上写着“邀月”两个八分字。百叶窗，古瓶式的门，门上也有明瓦纸的册叶小窗。我爱这地方近花园，较别处明朗清新得多，和姑姑说，我们就住这间房。姑姑叫兰花开了锁，两扇门一推开，就噗噗落下三只东西来：两只是壁虎，一只是蝙蝠。我们都怔了一怔。壁虎是悠悠地爬走了；兰花拾起那只大蝙蝠，轻轻放到墙隅里，呓语着似的念了一套怪话：

“福公公，你让让房，有贵客要在这里住。”

阿圆惊惶不安的样子，牵一牵我的衣角，意思大约是对着这些情景，不敢在这间屋里住。二姑姑年老还不失其敏感，不知怎样她老人家就窥知了阿圆的心事：

“不要紧。——这些房子，每年你姑爹回家时都打扫一次。停会，叫兰花再好好来收拾。福公公虎爷爷都会让出去的。”

又说：

“这间避月庐是你姑爹最喜欢的地方；去年你姑爹回来，叫我把它修葺一下。你看看，里面全是新崭崭的。”

我探身进去张看，兜了一脸蜘蛛网。里面果然是新崭崭的。墙上字画，桌上陈设，都很整齐。只是蒙上一层薄薄的尘灰罢了。

我们看兰花扎了竹叶把，拿了扫帚来打扫。二姑姑自回前进去了。阿圆用一个小孩子的神秘惊奇的表情问我说：

“怎么说姑爹？……”

兰花放下竹叶把，瞪着两只阴沉的眼睛低幽地告诉阿圆说：

“爷爷灵验得很啦！三朝两天来给奶奶托梦。我也常看见的，公子帽，宝蓝衫，常在这园里走。”

阿圆扭着我的袖口，只是向着兰花的两只眼睛瞪看。兰花打扫好屋子，又忙着抱被褥毯子席子为我们安排床铺。里墙边原有一张檀木榻，榻几上面摆着一套围棋子，一盘瓷制的大蟠桃。把棋子蟠桃连同榻几拿去，铺上被席，便是我们的床了。二姑姑蹒跚颤颤地走来，拿着一顶蚊帐给我们看，

说这是姑爹用的帐，是玻璃纱制的；问我们怕不怕招凉。我自然愿意要这顶凉快帐子；但是阿圆却望我瞪着眼，好像连这顶美丽的帐子也有可怕之处。

这屋子的陈设是非常美致的，只看墙上的点缀就知道。东墙上挂着四幅大锦屏，上面绣着“篆竹山房唱和诗”，边沿上密密齐齐地绣着各色的小蝴蝶，一眼看上去就觉得很灿烂。西墙上挂着一幅彩色的《钟馗捉鬼图》，两边有洪北江的“梅雪松风清几榻，天光云影护琴书”的对子。床榻对面的南墙上有百叶窗子可以看花园，窗下一书桌，桌上一个朱砂古瓶，瓶里插着马尾云拂。

我觉得这地方好。陈设既古色古香，而窗外一丛半绿半黄的修竹，和墙外隐约可听的响潭之水，越衬托得闲适恬静。

不久吃晚饭，我们都默然无话。我和阿圆是不知在姑姑面前该说些什么好；姑姑自己呢，是不肯多说话的。偌大屋子如一大座古墓，没一丝人声；只有堂厅里的燕子啾啾地叫。

兰花向天井檐上张一张，自言自语地说：

“青姑娘还不回来呢！”

二姑姑也不答话，点点头。阿圆偷眼看看我。——其实我自己也正在纳罕着的。吃了饭，正洗脸，一只燕子由天井飞来，在屋里绕了一道，就钻进檐下的窝里去了。兰花停了碗，把筷子放在嘴沿上，低低地说：

“青姑娘，你到这时才回来。”悠悠地长叹一口气。

我释然，向阿圆笑笑；阿圆却不曾笑，只瞪着眼看兰花。

我说邀月庐清新明朗，那是指日间而言。谁知这天晚上，大雨复作，一盏三支灯草的豆油檠摇晃不定，远远正屋里二姑姑和兰花低幽地念着晚经，听来简直是“秋坟鬼唱鲍家诗”；加以外面雨声虫声风弄竹声合奏起一支凄戾的交响曲，显得这周遭的确鬼气殊多。也不知是循着怎样的一个线索，很自然地便和阿圆谈起《聊斋》的故事来。谈一回，她越靠紧我一些，两眼只瞪着西墙上的《钟馗捉鬼图》，额上鼻上渐渐全渍着汗珠。钟馗手下按着的那个鬼，披着发，撕开血盆口，露出两支大獠牙，栩栩欲活。我偶然瞥一眼，也不由得一惊。这时觉得那钟馗，那恶鬼，姑姑和兰花，连同我们自己俩，都成了鬼故事中的人物了。

阿圆瑟缩地说："我想睡。"

她紧紧靠住我，我走一步，她走一步。睡到床上，自然很难睡着。不知辗转了多少时候，雨声渐止，月光透过百叶窗，映照得满屋凄幽。一阵飒飒的风摇竹声后，忽然听得窗外有脚步之声。声音虽然轻微，但是入耳十分清楚。

"你……听见了……没有？"阿圆把头钻在我的腋下，喘息地低声问。

我也不禁毛骨悚然。

那声音渐听渐近，没有了；换上的是低沉的戚戚声，如鬼低诉。阿圆已浑身汗濡。我咳了一声，那声音突然寂止；听见这突然寂止，想起兰花日间所说的话，我也不由得不怕了。

半晌没有声息，紧张的心绪稍稍平缓，但是两人的神经都过分紧张，要想到梦乡去躲身，究竟不能办到。为要解除阿圆的恐怖，我找了些快乐高兴的话和她谈说。阿圆也就渐渐敢由我的腋下伸出头来了。我说：

"你想不想你的家？"

"想。"

"怕不怕了？"

正答着话，她突然尖起嗓子大叫一声，搂住我，嚎啕，震抖，迫不成声：

“你……看……门上！……”

后花园

——萧红

后花园五月里就开花的，六月里就结果子，黄瓜、茄子、玉蜀黍、大芸豆、冬瓜、西瓜、西红柿，还有爬着蔓子的倭瓜。这倭瓜身往往会爬到墙头上去，而后从墙头它出去了，出到院子外边去了。就向着大街，这倭瓜蔓上开了一朵大黄花。

正临着这热闹闹的后花园，有一座冷清清的黑洞洞的磨房，磨房的后窗子就向着花园。刚巧沿着窗外的一排种的是黄瓜。这黄瓜虽然不是倭瓜，但同样会爬蔓子的，于是就在磨房的窗棂上开了花，而且巧妙的结了果子。

在朝露里，那样嫩弱的须蔓的梢头，好像淡绿色的玻璃抽成的，不敢去触，一触非断不可的样子。同时一边结着果，一边攀着窗棂往高处伸张，好像它们彼此学着样，一个跟一个都爬上窗子来了。到六月，窗子就被封满了，而且就在窗棂上挂着滴滴嘟嘟的大黄瓜、小黄瓜；瘦黄瓜、胖黄瓜，还有最小的小黄瓜纽儿，头顶上还正在顶着一朵黄花还没有落呢。

于是随着磨房里打着铜筛罗的震抖，而这些黄瓜也就在窗子上摇摆起来了。铜罗在磨夫的脚下，东踏一下它就“咚”，西踏一下它就“咚”；这些黄瓜也就在窗子上滴滴嘟嘟的跟着东边“咚”，西边“咚”。

六月里，后花园更热闹起来了，蝴蝶飞，蜻蜓飞，螳螂跳，蚂蚱跳。大红的外国柿子都红了，茄子青的青、紫的紫，溜明湛亮，又肥又胖，每一棵茄秧上结着三四个、四五个。玉蜀黍的缨子刚刚才出芽，就各色不同，好比女人绣花的丝线夹子打开了，红的绿的，深的浅的，干净得过分了，简直不知道它为什么那样干净，不知怎样它才那样干净的，不知怎样才做到那样的，或者说它是刚刚用水洗过，或者说它是用膏油涂过。但是又都不像，那简直是干净得连手都没有上过。

然而这样漂亮的缨子并不发出什么香气，所以蜂子、蝴蝶永久不在它上边搔一搔，或是吮一吮。

却是那些蝴蝶乱纷纷的在那些正开着的花上闹着。

后花园沿着主人住房的一方面，种着一大片花草。因为这园主并非怎样精细的人，而是一位厚敦敦的老头。所以他的花园多半变成菜园了。其作种花的部分，也没有什么好花，比如马蛇菜、爬山虎、胭粉豆、小龙豆……这都是些草本植物，没有什么高贵的。到冬天就都埋在大雪里边，它们就都死去了。春天打扫干净了这个地盘，再重种起来。有的甚或不用下种，它就自己出来了，好比大菽茨，那就是每年也不用种，它就自己出来的。

它自己的种子，今年落在地上没有人去拾它，明年它就出来；明年落了子，又没有人去采它，它就又自己出来了。

这样年年代代，这花园无处不长着大花。墙根上，花架边，人行道的两旁，有的竟长在倭瓜或黄瓜一块去了。那讨厌的倭瓜的丝蔓竟缠绕在它的身上，缠得多了，把它拉倒了。

可是它就倒在地上仍旧开着花。

铲地的人一遇到它，总是把它拔了，可是越拔它越生得快，那第一班开过的花子落下，落在地上，不久它就生出新的来。所以铲也铲不尽，拔也拔不尽，简直成了一种讨厌的东西了。还有那些被倭瓜缠住了的，若想拔它，把倭瓜也拔掉了，所以只得让它横躺竖卧的在地上，也不能不开花。

长得非常之高，五六尺高，和玉蜀黍差不多一般高，比人还高了一点，红辣辣地开满了一片。

人们并不把它当做花看待，要折就折，要断就断，要连根拔也都随便。到这园子里来玩的孩子随便折了一堆去，女人折了插满了一头。

这花园从园主一直到来游园的人，没有一个人是爱护这花的。这些花从来不浇水，任着风吹，任着太阳晒，可是却越开越红，越开越旺盛，把园子煊耀得闪眼，把六月夸奖得和水滚着那么热。

胭粉豆、金荷叶、马蛇菜都开得像火一般。

其中尤其是马蛇菜，红得鲜明晃眼，红得它自己随时要破裂流下红色汁液来。

从磨房看这园子，这园子更不知鲜明了多少倍，简直是金属的了，简直像在火里边烧着那么热烈。

可是磨房里的磨倌是寂寞的。

他终天没有朋友来访他，他也不去访别人，他记忆中的那些生活也模糊下去了，新的一样也没有。他三十多岁了，尚未结过婚，可是他的头发白了许多，牙齿脱落了好几个，看起来像是个青年的老头。阴天下雨，他不晓得；春夏秋冬，在他都是一样。和他同院的住些什么人，他不去留心；他的邻居和他住得很久了，他没有记得；住的是什么人，他没有记得。

他什么都忘了，他什么都记不得，因为他觉得没有一件事情是新鲜的。人间在他是全呆板的了。他只知道他自己是个磨倌，磨倌就是拉磨，拉磨之外的事情都与他毫无关系。

所以邻家的女儿，他好像没有见过；见过是见过的，因为他没有印象，就像没见过差不多。

磨房里，一匹小驴子围着一盘青白圆石转着。磨道下面，被驴子经年地踢踏，已经陷下去一圈小洼槽。小驴的眼睛是戴了眼罩的，所以它什么也看不见，只是绕着圈瞎走。嘴上也给戴上笼头，怕它偷吃磨上的麦子。

小驴知道，一上了磨道就该开始转了，所以走起来一声不响，两个耳朵尖尖的竖得笔直。

磨倌坐在罗架上，身子有点向前探着。他的面前竖了一个木架，架上横着一个用木做成的乐器，那乐器的名字叫“梆子”。

每一个磨倌都用一个，也就是每一个磨房都有一个。旧的磨倌走了，新的磨倌来了，仍然打着原来的梆子。梆子渐渐变成个元宝的形状，两端高而中间陷下，所发出来的音响也就不好听了，不响亮，不脆快，而且“踏踏”的沉闷的调子。

冯二成子的梆子正是已经旧了的。他自己说：“这梆子有什么用？打在这梆子上就像打在老牛身上一样。”

他尽管如此说，梆子他仍旧是打的。

磨眼上的麦子没有了，他去添一添。从磨漏下来的麦粉满了一磨盘，他过去扫了扫。小驴的眼罩松了，他替它紧一紧。

若是麦粉磨得太多了，应该上风车子了，他就把风车添满，摇着风车的大手轮，吹了起来，把麦皮都从风车的后部吹了出去。那风车是很大的，好像大象那么大。尤其是当那手轮摇起来的时候，呼呼的作响，麦皮混着冷风从洞口喷出来。这风车摇起来是很好看的，同时很好听。可是风车并不常吹，一天或两天才吹一次。

除了这一点点工作，冯二成子多半是站在罗架上，身子向前探着，他的左脚踏一下，右脚踏一下，罗底盖着罗床，那力量是很大的，连地皮都抖动了，和盖新房子时打地基的工夫差不多的，又沉重，又闷气，使人听了要睡觉的样子。

所有磨房里的设备都说过了，只不过还有一件东西没有说，那就是冯二成子的小炕了。那小炕没有什么好记载的。总之这磨房是简单、寂静、呆板。看那小驴竖着两个尖尖的耳朵，好像也不吃草也不喝水，只晓得拉磨的样子。冯二成子一看就看到小驴那两个直竖竖的耳朵，再看就看到墙下跑出的耗子，那滴滴溜溜亮的眼睛好像两盏小油灯似的。再看也看不见别的，仍旧是小驴的耳朵。

所以他不能不打梆子，从午间打起，一打打个通宵。

花儿和鸟儿睡着了，太阳回去了。大地变得清凉了好些。从后花园透进来的热气，凉爽爽的，风也不吹了，树也不摇了。

窗外虫子的鸣叫，远处狗的夜吠，和冯二成子的梆子混在一起，好像三种乐器似的。

磨房的小油灯忽咧咧的燃着（那油灯是刻在墙壁中间的，好像古墓里边站的长明灯似的），和有风吹着它似的。这磨房只有一扇窗子，还被挂满了黄瓜，把窗子遮得风雨不透。可是从哪里来的风？小驴也在响着鼻子抖擞着毛，好像小驴也着了寒了。

每天是如此：东方快启明的时候，朝露就先下来了，伴随着朝露而来的，是一种阴森森的冷气，这冷气冒着白烟似的沉重重的压到地面上来了。

落到屋瓦上，屋瓦从浅灰变到深灰色，落到茅屋上，那本来是浅黄的草，就变成深黄的了。因为露珠把它们打湿了，它们吸收了露珠的缘故。

惟有落到花上、草上、叶子上，那露珠是原形不变，并且由小聚大。大叶子上聚着大露珠，小叶子上聚着小露珠。

玉蜀黍的缨穗挂上了霜似的，毛绒绒的。

倭瓜花的中心抱着一颗大水晶球。

剑形草是又细又长的一种野草，这野草顶不住太大的露珠，所以它的周身都是一点点的小粒。

等到太阳一出来时，那亮晶晶的后花园无异于昨天洒了银水了。

冯二成子看一看墙上的灯碗，在灯芯上结了一个红橙橙的大灯花。他又伸手去摸一摸那生长在窗棂上的黄瓜，黄瓜跟水洗的一样。

他知道天快亮了，露水已经下来了。

这时候，正是人们睡得正熟的时候，而冯二成子就像更唤发了起来。他的梆子就更响了，他拼命地打，他用了全身力量，使那梆子响得爆豆似的。不但如此，那磨房唱了起来了，他大声急呼的。好像他是照着民间所流传的，他是招了鬼了。他有意要把远近的人家都惊动起来，他竟乱打起来，他不把梆子打断了，他不甘心停止似的。

有一天下雨了。

雨下得很大，青蛙跳进磨房来好几个。有些蛾子就不断地往小油灯上扑，扑了几下之后，被烧坏了翅膀就掉在油碗里溺死了，而且不久蛾子就把油灯碗给掉满了，所以油灯渐渐地不亮下去，几乎连小驴的耳朵都看不清楚。

冯二成子想要添些灯油，但是灯油在上房里，在主人的屋里。

他推开门一看，雨真是大得不得了，瓢泼的一样，而且上房里也怕是睡下了，灯光不很大，只是影影绰绰的。也许是因为下雨上了风窗的关系，才那样黑混混的。

——十步八步跑过去，拿了灯油就跑回来——冯二成子想。

但也是太大了，衣裳非都湿了不可；湿了衣裳不要紧，湿了鞋子可得什么时候干。

他推开房门看了好几次，也都是把房门关上，没有跑过去。

可是墙上的灯又一会一会的要灭了，小驴的耳朵简直看不见了。他又打开门向上房看看，上房灭了灯了，院子里什么也看不见，只有隔壁赵老太太那屋还亮通通的，窗里还有格格的笑声。

那笑的是赵老太太的女儿。冯二成子不知为什么心里好不平静，他赶快关了门，赶快去拨灯碗，赶快走到磨架上，开始很慌张地打动着筛罗。可是无论如何那窗里的笑声好像还在那儿笑。

冯二成子打起梆子来，打了不几下，很自然地就会停住，又好像很愿意再听到那笑声似的。

——这可奇怪了，怎么像第一天那边住着人。——他自己想。

第二天早晨，雨过天晴了。

冯二成子在院子里晒他的那双湿得透透的鞋子时，偶一抬头看见了赵老太太的女儿，跟他站了个对面。冯二成子从来没和女人接近过，他赶快低下头去。

那邻家女儿是从井边来，提了满满的一桶水，走得非常慢。等她完全走过去了，冯二成子才抬起头来。

她那向日葵花似的大眼睛，似笑非笑的样子，冯二成子一想起来就无缘无故地心跳。

有一天，冯二成子用一个大盆在院子里洗他自己的衣裳，洗着洗着，一不小心，大盆从木凳滑落而打碎了。

赵老太太也在窗下缝着针线，连忙就喊她的女儿，把自家的大盆搬出来，借给他用。

冯二成子接过那大盆时，他连看都没看赵姑娘一眼，连抬头都没敢抬头，但是赵姑娘的眼睛像向日葵花那么大，在想象之中他比看见来得清晰。于是他的手好像抖着似的把大盆接过来了。他又重新打了点水，没有打很多的水，只打了一大盆底。

恍恍惚惚地衣裳也没有洗干净，他就晒起来了。

从那之后，他也并不常见赵姑娘，但他觉得好像天天见面的一样。尤其是到深夜，他常常听到隔壁的笑声。

有一天，他打了一夜梆子。天亮了，他的全身都酸了。他把小驴子解下来，拉到下过朝露的潮湿的院子里，看着那小驴打了几个滚，而后把小驴拴到槽子上去吃草。他也该是睡觉的时候了。

他刚躺下，就听到隔壁女孩的笑声，他赶快抓住被边把耳朵掩盖起来。

但那笑声仍旧在笑。

他翻了一个身，把背脊向着墙壁，可是仍旧不能睡。

他和那女孩相邻的住了两年多了，好像他听到她的笑还是最近的事情。他自己也奇怪起来。

那边虽是笑声停止了，但是又有别的声音了：刷锅，劈柴发火的声音，件件样样都听得清清晰晰。而后，吃早饭的声音他都感觉到了。

这一天，他实在睡不着，他躺在那里心中十分悲哀，他把这两年来的生活都回想了一遍……

刚来的那年，母亲来看过他一次。从乡下给他带来一筐子黄米豆包。母亲临走的时候还流了眼泪说："孩子，你在外边好好给东家做事，东家错待不了你的……你老娘这两年身子不大硬实。一旦有个一口气不来，只让你哥把老娘埋起来就算了事。人死如灯灭，你就是跑到家又能怎样！……可千万要听娘的话，人家拉磨，一天拉好多麦子，是一定的，耽误不得，可要记住老娘的话……"

那时，冯二成子已经三十六岁了，他仍很小似的，听了那话就哭了。他抬起头看看母亲，母亲确是瘦得厉害，而且也咳嗽得厉害。

"不要这样傻气，你老娘说是这样说，哪就真会离开了你们的。你和你哥哥都是三十多岁了，还没成家，你老娘还要看到你们……"

冯二成子想到"成家"两个字，脸红了一阵。

母亲回到乡下去，不久就死了。

他没有照着母亲的话作，他回去了，他和哥哥亲自送的葬。

是八月里辣椒红了的时候，送葬回来，沿路还摘了许多红辣椒，炒着吃了。

以后再想一想，就想不起什么来了。拉磨的小驴子仍旧是原来的小驴子。磨房也一点没有改变，风车也是和他刚来时一样，黑洞洞地站在那里，连个方向也没改换。筛罗子一踏起来它就“咚咚”响。他向筛罗子看了一眼，宛如他不踏它，它也在响的样子。

一切都习惯了，一切都照着老样子。他想来想去什么也没有变，什么也没有多，什么也没有少。这两年是怎样生活的呢？他自己也不知道，好像他没有活过的一样。他伸出自己的手来，看看也没有什么变化；捏一捏手指的骨节，骨节也是原来的样子，尖锐而突出。

他又回想到他更远的幼小的时候去，在沙滩上煎着小鱼，在河里脱光了衣裳洗澡；冬天堆了雪人，用绿豆给雪人做了眼睛，用红豆做了嘴唇；下雨的天气，妈妈打来了，就往水洼中跑……妈妈因此而打不着他。

再想又想不起什么来，这时候他昏昏沉沉地要睡了去。

刚要睡着，他又被惊醒了，好几次都是这样。也许是炕下的耗子，也许是院子里什么人说话。

但他每次睁开眼睛，都觉得是邻家女儿惊动了他。他在梦中羞怯怯地红了好几次脸。

从这以后，他早晨睡觉时，他先站在地中心听一听，邻家是否有了声音。若是有了声音，他就到院子里拿着一把马刷子刷那小驴。

但是巧得很，那女孩子一清早就到院子来走动，一会出来拿一捆柴，一会出来泼一瓢水。总之，他与她从这以后，好像天天相见。

这一天八月十五，冯二成子穿了崭新的衣裳，刚刚理过头发回来，上房就嚷着：“喝酒了，喝酒啦……”

因为过节是和东家同桌吃的饭，什么腊肉，什么松花蛋，样样皆有。其中下酒最好的要算凉拌粉皮，粉皮里外加着一束黄瓜丝，还有辣椒油洒在上面。

冯二成子喝足了酒，退出来了，连饭也没有吃，他打算到磨房去睡一觉。常年也不喝酒，喝了酒头有些昏。他从上房走出来，走到院子里碰到了赵老太太，她手里拿着一包月饼，正要到亲戚家去。她一见了冯二成子，她连忙喊着女儿说：“你快拿月饼给老冯吃。过节了，在外边的跑腿人，不要客气。”

说完了，赵老太太就走了。

冯二成子接过月饼在手里，他看那姑娘满身都穿了新衣裳，脸上涂着胭脂和香粉。因为他怕难为情，他想说一声谢谢也没说出来，回身就进了磨房。

磨房比平日更冷清了，小驴也没有拉磨，磨盘上供着一块黄色的牌位，上面写着“白虎神之位”，燃了两根红蜡烛，烧着三炷香。

冯二成子迷迷昏昏地吃完月饼，靠着罗架站着，眼睛望着窗外的花园。他一无所思的往外看着，正这时又有了女人的笑声，并且这笑声是熟悉的，但不知这笑声是从哪方面来的，后花园还是隔壁？

他一回身，就看见了邻家的女儿站在大开着的门口。

她的嘴是红的，她的眼睛是黑的，她的周身发着光辉，带着吸力。

他怕了，低了头不敢再看。

那姑娘自言自语地说："这儿还供着白虎神呢！"

说着，她的一个小同伴招呼着她就跑了。

冯二成子几乎要昏倒了，他坚持着自己，他睁大了眼睛，看一看自己的周遭，看一看是否在做梦。

这哪里是在做梦，小驴站在院子里吃草，上房还没有喝完酒的划拳的吵闹声仍还没有完结。他站到磨房外边，向着远处都看了一遍。远处的人家，有的在树林中，有的在白云中露着屋角，而附近的人家，就是同院子住着的也都恬静的在节日里边升腾着一种看不见的欢喜，流荡着一种听不见的笑声。

但冯二成子看着什么都是空虚的。寂寞的秋空的游丝，飞了他满脸，挂住了他的鼻子，绕住了他的头发。他用手把游丝揉擦断了，他还是往前看去。

他的眼睛充满了亮晶晶的眼泪，他的心中起了一阵莫名其妙的悲哀。

他羡慕在他左右跳着的活泼的麻雀，他妒恨房脊上咕咕叫的悠闲的鸽子。

他的感情软弱得像要瘫了的蜡烛似的。他心里想：鸽子你为什么叫？叫得人心慌！你不能不叫吗？游丝你为什么绕了我满脸？你多可恨！

恍恍惚惚他又听到那女孩子的笑声。

而且和闪电一般，那女孩子来到他的面前了，从他面前跑过去了，一转眼跑得无影无踪的。

冯二成子仿佛被卷在旋风里似的，迷迷离离的被卷了半天，而后旋风把他丢弃了。旋风自己跑去了，他仍旧是站在磨房外边。

从这以后，可怜的冯二成子害了相思病，脸色灰白，眼圈发紫，茶也不想吃，饭也咽不下，他一心一意地想着那邻家的姑娘。

读者们，你们读到这里，一定以为那磨房里的磨倌必得要和邻家女儿发生一点关系。其实不然的。后来是另外的一位寡妇。

世界上竟有这样谦卑的人，他爱了她，他又怕自己的身份太低，怕毁坏了她。他偷着对她寄托一种心思，好像他在信仰一种宗教一样。邻家女儿根本不晓得有这么一回事。

不久，邻家女儿来了说媒的，不久那女儿就出嫁去了。

婆家来娶新媳妇的那天，抬着花轿子，打着锣鼓，吹着喇叭，就在磨房的窗外，连吹带打的热闹了起来。

冯二成子伏在梆子上，他闭了眼睛，他一动也不动。

那边姑娘穿了大红的衣裳，搽了胭脂粉，满手抓着铜钱，被人抱上了轿子。放了一阵炮仗，敲了一阵铜锣，抬起轿子来走了。

走得很远很远了，走出了街去，那打锣声只能丝丝拉听到一点。

冯二成子仍旧没有把头抬起，一直到那轿子走出几里路之外，就连被娶亲惊醒了的狗叫也都平静下去时，他才抬起头来。

那小驴蒙着眼罩静静地一圈一圈地在拉着空磨。

他看一看磨眼上一点麦子也没有了，白花花的麦粉流了满地。

那女儿出嫁以后，冯二成子常常和老太太攀谈，有的时候还到老太太的房里坐一坐。他不知为什么总把那老太太当做一位近亲来看待，早晚相见时，总是彼此笑笑。

这样也就算了，他觉得那女儿出嫁了反而随便了些。

可是这样过了没久，赵老太太也要搬家了，搬到女儿家去。

冯二成子帮着去收拾东西。在他收拾着东西时，他看见针线篓里有一个细小的白骨顶针。他想：这可不是她的？那姑娘又活跃跃地来到他的眼前。他看见了好几样东西，都是那姑娘的。刺花的围裙卷放在小柜门里，一团扎过了的红头绳子洗得干干净净的，用一块纸包着。他在许多乱东西里拾到这纸包，他打开一看，他问赵老太太，这头绳要放在哪里？老太太说：“放在小梳头匣子里吧，我好给她带去。”

冯二成子打开了小梳头匣，他看见几根扣发针和一个假烧蓝翠的戒指仍放在里边。他嗅到一种梳头油的香气，他想这一定是那姑娘的，他把梳头匣关了。

他帮着老太太把东西收拾好，装上了车，还牵着拉车的大黑骡子上前去送了一程。

送到郊外，迎面的菜花都开了，满野飘着香气。老太太催他回来，他说他再送一程。他好像对着旷野要高歌的样子，他的胸怀像飞鸟似地张着，他面向着前面，放着大步，好像他一去就不回来的样子。

可是冯二成子回来的时候，太阳还正晌午。虽然是秋天了，没有夏天那么鲜艳，但是到处飘着香气。高粱成熟了，大豆黄了秧子，野地上仍旧是红的红，绿的绿。冯二成子沿着原路往回走。走了一程，他还转回身去，向着赵老太太走去的远方望一望。但是连一点影子也看不见了。

蓝天凝结得那么严酷，连一些皱折也没有，简直像是用蓝色纸剪成的。他用了他所有的目力，探究着蓝色的天边外，是否还存在着一点点黑点，若是还有一个黑点，那就是赵老太太的车子了。可是连一个黑点也没有，实在是没有的，只有一条白亮亮的大路，向着蓝天那边爬去，爬到蓝天的尽头，这大路只剩了窄狭的一条。

赵老太太这一去什么时候再能够看到，没有和她约定时间，也没有和她约定地方。他想顺着大路跑去，跑到赵老太太的车子前面，拉住大黑骡子，他要向她说："不要忘记了你的邻居，上城里来的时候可来看我一次。"

但是车子一点影也没有了，追也追不上了。

他转回身来，仍走他的归途，他觉得这回来的路，比去的时候不知远了多少倍。

他不知为什么这次送赵老太太，比送他自己的亲娘更难过。他想：人活着为什么要分别？既然永远分别，当初又何必认识！人与人之间又是谁给造了这个机会？既然造了机会，又是谁把机会给取消了？

他越走他的脚越沉重，他的心越空虚，就在一个有树阴的地方坐下来。他往四方左右望一望，他望到的，都是在劳动着的，都是在活着，赶车的赶车，拉马的拉马，割高粱的人，满头流着大汗。还有的手被高粱杆扎破了，或是脚被扎破了，还浸浸地泌着血，而仍是不停地在割。他看了一看，他不能明白，这都是在做什么；他不明白，这都是为着什么。他想：你们那些手拿着的，脚踏着的，到了终归，你们是什么也没有的。你们没有了母亲，你们的父亲早早死了，你们该娶的时候，娶不到你们所想的；你们到老的时候，看不到你们的子女成人，你们就先累死了。

冯二成子看一看自己的鞋子掉底了，于是脱下鞋子用手提鞋子，站起来光着脚走，他越走越奇怪，本来是往回走，可是心越走越往远处飞。究竟飞到哪里去了，他自己也把捉不定。总之，他越往回走，他就越觉得空虚。路上他遇上一些推手车的，挑担的，他都用了奇怪的眼光看了他们一下：你们是什么也不知道，你们只知道为你们的老婆孩子当一辈子牛马，你们都白活了，你们自己还不知道。你们要吃的吃不到嘴，要穿的穿不上身，你们为了什么活着，活得那么起劲！

他看见几个卖豆腐脑的，搭着白布篷，篷下站着好几个人在吃。有的争着要多加点酱油，而那卖豆腐脑的偏偏给他加上几粒盐。卖豆腐脑的说酱油太贵，多加要赔本的。于是为着点酱油争吵了起来。冯二成子老远的就听他们在嚷嚷。他用斜眼看了那卖豆腐脑的：你这个小气人，你为什么那么苛刻？你都是为了老婆孩子！你要白白活这一辈子，你省吃俭用，到头你还不是个穷鬼！

冯二成子这一路上所看到的几乎完全是这一类人。

他用各种眼光批评了他们。

他走了一会，转回身去看看远方，并且站着等了一会，好像远方会有什么东西自动向他飞来，又好像远方有谁在招呼着他。他几次三番地这样停下来，好像他侧着耳朵细听。但只有雀子的叫声从他头上飞过，其余没有别的了。

他又转身向回走，但走得非常迟缓，像走在荆蓁的草中。仿佛他走一步，被那荆蓁拉住过一次。

终于他全然没有了气力，全身和头脑。他找到一片小树林，他在那里伏在地上哭了一袋烟的工夫。他的眼泪落了一满树根。

他回想着那姑娘束了花围裙的样子，那走路的全身愉快的样子。他再想那姑娘是什么时候搬来的，他连一点印象也没有记住，他后悔他为什么不早点发现她，她的眼睛看过他两三次，他虽不敢直视过去，但他感觉得到，那眼睛是深黑的，含着无限情意的。他想到了那天早晨他与她站了个对面，那眼睛是多么大！那眼光是直逼他而来的。他一想到这里，他恨不得站起来扑过去。但是现在都完了，都去得无声无息的那么远了，也一点痕迹没有留下，也永久不会重来了。

这样广茫茫的人间，让他走到哪方面去呢？是谁让人如此，把人生下来，并不领给他一条路子，就不管他了。

黄昏的时候，他从地面上抓了两把泥土，他昏昏沉沉地站起来，仍旧得走着他的归路。

他好像失了魂魄的样子，回到了磨房。

看一看罗架好好的在那儿站着，磨盘好好的在那儿放着，一切都没有变动。吹来的风依旧是凉爽的。从风车吹出来的麦皮仍旧在大篓子里盛着，他抓起一把放在手心上擦了擦，这都是昨天磨的麦子，昨天和今天是一点也没有变。他拿了刷子刷了一下磨盘，残余的麦粉冒了一阵白烟。这一切都和昨天一样，什么也没有变。耗子的眼睛仍旧是很亮很亮的跑来跑去。后花园静静的和往日里一样的没有声音。上房里，东家的太太抱着孙儿和邻居讲话，讲得仍旧和往常一样热闹。担水的往来在井边，有谈有笑的放着大步往来的跑，绞着井绳的转车喀啦喀啦的大大方方的响着。一切都是快乐的，有意思的。就连站在槽子那里的小驴，一看冯二成子回来了，也表示欢迎似的张开大嘴来叫了几声。冯二成子走上前去，摸一摸小驴的耳朵，而后从草包取一点草散在槽子里，而后又领着那小驴到井边去饮水。

他打算再工作起来，把小驴仍旧架到磨上，而他自己还是愿意鼓动着勇气打起梆子来。但是未能做到，他好像丢了什么似的，好像是被人家抢去了什么似的。

他没有拉磨，他走到街上来荡了半夜，二更之后，街上的人稀疏了，都回家去睡觉去了。

他经过靠着缝衣裳来过活的老王那里，看她的灯还未灭，他想进去歇一歇脚也是好的。

老王是一个三十多岁的寡妇，因为生活的忧心，发白了一半了。

她听了是冯二成子来叫门，就放下了手里的针线来给他开门了。还没等他坐下，她就把缝好的冯二成子的蓝单衫取出来了，并且说着："我这两天就想要给你送去，为着这两天活计多，多做一件，多赚几个，还让你自家来拿……"

她抬头一看冯二成子的脸色是那么冷落，她忙着问："你是从街上来的吗？是从哪儿来的？"

一边说着一边就让冯二成子坐下。

他不肯坐下，打算立刻就要走，可是老王说："有什么不痛快的？跑腿子在外的人，要舒心坦意。"

冯二成子还是没有响。

老王跑出去给冯二成子买了些烧饼来，那烧饼还是又脆又热的，还买了酱肉。老王手里有钱时，常常自己喝一点酒，今天也买了酒来。

酒喝到三更，王寡妇说："人活着就是这么的，有孩子的为孩子忙，有老婆的为老婆忙，反正做一辈子牛马。年轻的时候，谁还不是像一棵小树似的，盼着自己往大了长，好像有多少黄金在前边等着。可是没有几年，体力也消耗完了，头发黑的黑，白的白……"

她给他再斟一盅酒。

她斟酒时，冯二成子看她满手都是筋络，苍老得好像大麻的叶子一样。

但是她说的话，他觉得那是对的，于是他把那盅酒举起来就喝了。

冯二成子也把近日的心情告诉了她。他说他对什么都是烦躁的，对什么都没有耐性了。他所说的，她都理解得很好，接着他的话，她所发的议论也和他的一样。

喝过三更以后，冯二成子也该回去了。他站起来，抖擞一下他的前襟，他的感情宁静多了，他也清晰得多了，和落过雨后又复见了太阳似的，他还拿起老王在缝着的衣裳看看，问她一件夹袄的手工多少钱。

老王说："那好说，那好说，有夹袄尽管拿来做吧。"

说着，她就拿起一个烧饼，把剩下的酱肉通通夹在烧饼里，让冯二成子带着："过了半夜，酒要往上返的，吃下去压一压酒。"

冯二成子百般的没有要，开了门，出来了，满天都是星光；中秋以后的风，也有些凉了。

"是个月黑头夜，可怎么走！我这儿也没有灯笼……"

冯二成子说："不要，不要！"就走出来了。

在这时，有一条狗往屋里钻，老王骂着那狗："还没有到冬天，你就怕冷了，你就往屋里钻！"

因为是夜深了的缘故，这声音很响。

冯二成子看一看附近的人家都睡了。王寡妇也在他的背后闩上了门，适才从门口流出来的那道灯光，在闩门的声音里边，又被收了回去。

冯二成子一边看着天空的北斗星，一边来到小土坡前。那小土坡上长着不少野草，脚踏在上边，绒绒乎乎的。于是他蹲了双腿，试着用指头搔一搔，是否这地方可以坐一下。

他坐在那里非常宁静，前前后后的事情，他都忘得干干净净，他心里边没有什么骚扰，什么也没有想，好像什么也想不起来了。晌午他送赵老太太走的那回事，似乎是多少年前的事情。现在他觉得人间并没有许多人，所以彼此没有什么妨害，他的心境自由得多了，也宽舒得多了，任着夜风吹着他的衣襟和裤脚。

他看一看远近的人家，差不多都睡觉了，尤其是老王的那一排房子，通通睡了，只有王寡妇的窗子还透着灯光。他看了一会，他又把眼睛转到另外的方向去，有的透着灯光的窗子，眼睛看着看着，窗子忽然就黑了一个，忽然又黑了一个，屋子灭掉了灯，竟好像沉到深渊里边去的样子，立刻消灭了。

而老王的窗子仍旧是亮的，她的四周都黑了，都不存在了，那就更显得她单独的停在那里。

“她还没有睡呢！”他想。

她怎么还不睡？他似乎这样想了下。是否他还要回到她那边去，他心里很犹疑。

等他不自觉的又回老王的窗下时，他终于敲了她的门。里边应着的声音并没有惊奇，开了门让他进去。

这夜，冯二成子就在王寡妇家里结了婚了。

他并不像世界上所有的人结婚那样：也不跳舞，也不招待宾客，也不到礼拜堂去。而也并不像邻家姑娘那样打着铜锣，敲着大鼓。但是他们庄严得很，因为百感交集，彼此哭了一遍。

第二年夏天，后花园里的花草又是那么热闹，倭瓜淘气地爬上了树了，向日葵开了大花，惹得蜂子成群地闹着，大菽茨、爬山虎、马蛇菜、胭粉豆，样样都开了花。耀眼的耀眼，散着香气的散着香气。年年爬到磨房窗棂上来的黄瓜，今年又照样的爬上来了；年年结果子的，今年又照样的结了果子。

惟有墙上的狗尾草比去年更为茂盛，因为今年雨水多而风少。园子里虽然是花草鲜艳，而很少有人到园子里来，是依然如故。

偶然园主的小孙女跑进来折一朵大菽茨花，听到屋里有人喊着："小春，小春……"

她转身就跑回屋去，而后把门又轻轻的闩上了。

算起来就要一年了，赵老太太的女儿就是从这靠着花园的厢房出嫁的。在街上，冯二成子碰到那出嫁的女儿一次，她的怀里抱着一个小孩。

可是冯二成子也有了小孩了。磨房里拉起了一张白布帘子来，帘子后边就藏着出生不久的婴孩和孩子的妈妈。

又过了两年，孩子的妈妈死了。

冯二成子坐在罗架上打筛罗时，就把孩子骑在梆子上。夏昼十分热了，冯二成子把头垂在孩子的腿上，打着瞌睡。

不久，那孩子也死了。

后花园经过了几度繁华，经过了几次凋零，但那大菽茨花它好像世世代代要存在下去的样子，经冬复历春，年年照样的在园子里边开着。

园主人把后花园里的房子都翻了新了，只有这磨房连动也没动，说是磨房用不着好房子的，好房子也让筛罗"咚咚"的震坏了。

所以磨房的屋瓦，为着风吹，为着雨淋，一排一排的都脱了节。每刮一次大风，屋瓦就要随着风在半天空里飞走了几块。

夏昼，冯二成子伏在梆子上，每每要打瞌睡。他瞌睡醒来时，昏昏庸庸的他看见眼前跳跃着无数条光线，他揉一揉眼睛，再仔细看一看，原来是房顶露了天了。

以后两年三年，不知多少年，他仍旧在那磨房里平平静静地活着。

后花园的园主也老死了，后花园也拍卖了。这拍卖只不过给冯二成子换了个主人。这个主人并不是个老头，而是个年轻的、爱漂亮、爱说话的，常常穿了很干净的衣裳来磨房的窗外，看那磨倌怎样打他的筛罗，怎样摇他的风车。

上海的狐步舞

——穆时英

上海，造在地狱上面的天堂！

沪西，大月亮爬在天边，照着大原野。浅灰的原野，铺上银灰的月光，再嵌着深灰的树影和村庄的一大堆一大堆的影子。原野上，铁轨画着弧线，沿着天空直伸到那边儿的水平线下去。

林肯路（在这儿，道德给践在脚下，罪恶给高高地捧在脑袋上面）。

拎着饭篮，独自个儿在那儿走着，一只手放在裤袋里，看着自家儿嘴里出来的热气慢慢儿的飘到蔚蓝的夜色里去。

三个穿黑绸长褂，外面罩着黑大褂的人影一闪。三张在呢帽底下只瞧得见鼻子和下巴的脸遮在他前面。

“慢着走，朋友！”

“有话尽说，朋友！”

“咱们冤有头，债有主，今儿不是咱们有什么跟你过不去，各为各的主子，咱们也要吃口饭，回头您老别怨咱们不够朋友。明年今儿是你的周年，记着！”

“笑话了！咱也不是那么不够朋友的——”一扔饭篮，一手抓住那人的枪，就是一拳过去。

碰！手放了，人倒下去，按着肚子。碰！又是一枪。

“好小子！有种！”

“咱们这辈子再会了，朋友！”

“黑绸长褂”把呢帽一推，叫搁在脑勺上，穿过铁路，不见了。

“救命！”爬了几步。

“救命！”又爬了几步。

嘟的吼了一声儿，一道弧灯的光从水平线底下伸了出来。铁轨隆隆地响着，铁轨上的枕木象蜈蚣似地在光线里向前爬去，电杆木显了出来，马上又隐没在黑暗里边，一列“上海特别快”突着肚子，达达达，用着狐步舞的拍，含着颗夜明珠，龙似地跑了过去，绕着那条弧线。又张着嘴吼了一声儿，一道黑烟直拖到尾巴那儿，弧灯的光线钻到地平线下，一会儿便不见了。

又静了下来。

铁道交通门前，交错着汽车的弧灯的光线，管交通门的倒拿着红绿旗，拉开了那白脸红嘴唇，带了红宝石耳坠子的交通门，马上，汽车就跟着门飞了过去，一长串。

上了白漆的街树的腿，电杆木的腿，一切静物的腿……Revue 似地，把擦满了粉的大腿交叉地伸出来的姑娘们……白漆的腿的行列。沿着那条静悄的大路，从住宅的窗里，都会的眼珠子似地，透过了窗纱，偷溜了出来淡红的，紫的，绿的，处处的灯光。

汽车在一座别墅式的小洋房前停了，叭叭的拉着喇叭。刘有德先生的西瓜皮帽上的珊瑚结子从车门里探了出来，黑毛葛背心上两只小口袋里挂着的金表练上面的几个小金镑钉当地笑着，把他送出车外，送到这屋子里。他把半段雪茄扔在门外，走到客室里，刚坐下，楼梯的地毡上响着轻捷的鞋跟，嗒嗒地。

“回来了吗？”活泼的笑声，一位在年龄上是他的媳妇，在法律上是他的妻子的夫人跑了进来，扯着他的鼻子道。“快！给我签张三千块钱的支票。”

“上礼拜那些钱又用完了吗？”

不说话，把手里的一叠账交给他，便拉他的蓝缎袍的大袖子往书房里跑，把笔送到他手里。

“我说……”

“你说什么？”堵着小红嘴。

瞧了她一眼便签了，她就低下脑袋把小嘴凑到他大嘴上。“晚饭你独自个儿吃吧，我和小德要出去。”便笑着跑了出去，碰的阖上门。他掏出手帕来往嘴上一擦，麻纱手帕上印着 Tangee。倒象我的女儿呢，成天的缠着要钱。

“爹！”

一抬脑袋，小德不知多咱溜了进来，站在他旁边，见了猫的耗子似的。

“你怎么又回来啦？”

“姨娘打电话叫我回来的。”

“干吗？”

“拿钱。”

刘有德先生心里好笑，这娘儿俩真有他们的。

“她怎么会叫你回来问我要钱？她不会要不成？”

“是我要钱，姨娘叫我伴她去玩。”

忽然门开了，“你有现钱没有？”刘颜蓉珠又跑了进来。

“只有……”

一只刚用过蔻丹的小手早就伸到他口袋里把皮夹拿了出来！红润的指甲数着钞票：一五，一十，二十……三百。“五十留给你，多的我拿去了。多给你晚上又得不回来。”做了个媚眼，拉了她法律上的儿子就走。

儿子是衣架子，成天地读者给 Gigolo 看的时装杂志，把烫得有粗大明朗的折纹的裤子穿到身上，领带打得在中间留了个涡，拉着母亲的胳膊坐到车上。

上了白漆的街树的腿，电杆木的腿，一切静物的腿……Revue 似地，把擦满了粉的大腿交叉地伸出来的姑娘们……白漆腿的行列。沿着那条静悄的大路，从住宅区的窗里，都会的眼珠子似地，透过了窗纱，偷溜了出来淡红的、紫的、绿的、处女的灯光。

开着 1932 的新别克，却一个心儿想 1980 年的恋爱方式。深秋的晚风吹来，吹动了儿子的领子，母亲的头发，全有点儿觉得凉。法律上的母亲偎在儿子的怀里道：

“可惜你是我的儿子。”嘻嘻地笑着。

儿子在父亲吻过的母亲的小嘴上吻了一下，差点儿把车开到行人道上去啦。

Neon light 伸着颜色的手指在蓝墨水似的夜空里写着大字。一个英国绅士站在前面，穿了红的燕尾服，挟着手杖，那么精神抖擞地在散步。脚下写着：Johnny Walker：Still Going Strong。路旁一小块草地上展开了地产公司的乌托邦，

上面一个抽吉士牌的美国人看着，象在说：“可惜这是小人国的乌托邦，那片大草原里还放不下我的一只脚呢？”

汽车前显出个人的影子，喇叭吼了一声儿，那人回过脑袋来一瞧，就从车轮前溜到行人道上去了。

“蓉珠，我们上哪去？”

“随便那个 Cabaret 里去闹个新鲜吧，礼查、大华我全玩腻了。”

跑马厅屋顶上，风针上的金马向着红月亮撒开了四蹄。在那片大草地的四周泛滥着光的海，罪恶的海浪，慕尔堂浸在黑暗里，跪着，在替这些下地狱的男女祈祷，大世界的塔尖拒绝了忏悔，骄傲地瞧着这位迂牧师，放射着一圈圈的灯光。

蔚蓝的黄昏笼罩着全场，一只 Saxophone 正伸长了脖子，张着大嘴，呜呜地冲着他们嚷，当中那片光滑的地板上，飘动的裙子，飘动的袍角，精致的鞋跟，鞋跟，鞋跟，鞋跟，鞋跟。蓬松的头发和男子的脸。男子衬衫的白领和女子的笑脸。伸着的胳膊，翡翠坠子拖到肩上，整齐的圆桌子的队伍，椅子却是零乱的。暗角上站着白衣侍者。酒味，香水味，英腿蛋的气味，烟味……独身者坐在角隅里拿黑咖啡刺激着自家儿的神经。

舞着：华尔兹的旋律绕着他们的腿，他们的脚站在华尔兹旋律上，飘飘地，飘飘地。

儿子凑在母亲的耳朵旁说：“有许多话是一定要跳着华尔兹才能说的，你是顶好的华尔兹的舞侣——可是，蓉珠，我爱你呢！”

觉得在轻轻地吻着鬓脚，母亲躲在儿子的怀里，低低的笑。

一个冒充法国绅士的比利时珠宝掮客，凑在电影明星殷芙蓉的耳朵旁说:“你嘴上的笑是会使天下的女子妒忌的——可是，我爱你呢！”

觉得轻轻地在吻着鬓脚，便躲在怀里低低地笑，忽然看见手指上多了一只钻戒。

珠宝掮客看见了刘颜蓉珠，在殷芙蓉的肩上跟她点了点脑袋，笑了一笑。小德回过身来瞧见了殷芙蓉也 Gigolo 地把眉毛扬了一下。

舞着，华尔兹的旋律绕着他们的腿，他们的脚践在华尔兹上面，飘飘地，飘飘地。

珠宝掮客凑在刘颜蓉珠的耳朵旁，悄悄地说：“你嘴上的笑是会使天下的女子妒忌的——可是，我爱你呢！”

觉得轻轻地在吻着鬓脚，便躲在怀里低低地笑，把唇上的胭脂印到白衬衫上面。

小德凑在殷芙蓉的耳朵旁，悄悄地说：“有许多话是一定要跳着华尔兹才能说的，你是顶好的华尔兹的舞侣——可是，芙蓉，我爱你呢！”

觉得在轻轻地吻着鬓脚，便躲在怀里，低低地笑。

独身者坐在角隅里拿黑咖啡刺激着自家儿的神经，酒味，香水味，英腿蛋的气味，烟味……暗角上站着白衣侍音。椅子是凌乱的，可是整齐的圆桌子的队伍。翡翠坠子拖到肩上，伸着的胳膊。女子的笑脸和男子的衬衫的白领。男子的脸和蓬松的头发。精致的鞋跟，鞋跟，鞋跟，鞋跟，鞋跟。飘荡的袍角，飘荡的裙子，当中是一片光滑的地板。呜呜地冲着人家嚷，那只 Saxophone 伸长了脖子，张着大嘴。蔚蓝的黄昏笼罩着全场。

推开了玻璃门，这纤弱的幻景就打破了。跑下扶梯，两溜黄包车停在街旁，拉车的分班站着，中间留了一道门灯光照着的路，争着“Ricksha？”奥斯汀孩车，爱山克水，福特，别克跑车，别克小九，八汽缸，六汽缸……大月亮红着脸蹒跚地走上跑马厅的大草原上来了。街角卖《大美晚报》的用卖大饼油条的嗓子嚷：

“Evening Post！”

电车当当地驶进布满了大减价的广告旗和招牌的危险地带去，脚踏车挤在电车的旁边瞧着也可怜。坐在黄包车上的水兵挤箍着醉眼，瞧准了拉车的屁股踹了一脚便哈哈地笑了，红的交通灯，绿的交通灯，交通灯的柱子和印度巡捕一同地垂直在地上。交通灯一闪，便涌着人的潮，车的潮。这许多人，全象没了脑袋的苍蝇似的！一个Fashionmonger穿了她铺子里的衣服来冒充贵妇人。电梯用十五秒钟一次的速度，把人货物似地抛到屋顶花园去。女秘书站在绸缎铺的橱窗外面瞧着全丝面的法国crepe，想起了经理的刮得刀痕苍然的嘴上的笑劲儿。主义者和党人挟了一大包传单踱过去，心里想，如果给抓住了便在这里演说一番。蓝眼珠的姑娘穿了窄裙，黑眼珠的姑娘穿了长旗袍儿，腿股间有相同的媚态。

街旁，一片空地里，竖起了金字塔似的高木架，粗壮的木腿插在泥里，顶上装了盏弧灯，倒照下来，照到底下每一条横木板上的人。这些人吆喝着：“嗳嗳呀！”几百丈高的木架顶上的木桩直坠下来，碰！把三抱粗的大木柱撞到泥里去，四角上全装着弧灯，强烈的光探照着这片空地。空地里：横一道，竖一道的沟，钢骨，瓦砾堆。人扛着大木柱在沟里走，拖着悠长的影子。在前面的脚一滑，摔倒了，木柱压到脊梁上。脊梁断了，嘴里哇的一口血……弧灯……碰！木桩顺着木架又溜了上去……光着身子在煤屑路滚铜子的孩子……大木架顶上的弧灯在夜空里象月亮…… 捡煤渣的媳妇……月亮有两个……月亮叫天狗吞了——月亮没有了。

死尸给搬了开去，空地里：横一道竖一道的沟，钢骨，瓦砾，还有一堆他的血。在血上，铺上了士敏土，造起了钢骨，新的饭店造起来了！新的舞场造起来了！新的旅馆造起来了！把他的力气，把他的血，把他的生命压在底下，正和别的旅馆一样地，和刘有德先生刚在跨进去的华东饭店一样地。

华东饭店里——

二楼：白漆房间，古铜色的雅片香味，麻雀牌，《四郎探母》,《长三骂淌白小娼妇》,古龙香水和淫欲味，白衣侍者，娼妓捐客，绑票匪，阴谋和诡计，白俄浪人……

三楼：白漆房间，古铜色的雅片香味，麻雀牌，《四郎探母》,《长三骂淌白小娼妇》,古龙香水和淫欲味，白衣侍者，娼妓掮客，绑票匪，阴谋和诡计，白俄浪人……

四楼：白漆房间，古铜色的雅片香味，麻雀牌，《四郎探母》,《长三骂淌白小娼妇》,古龙香水和淫欲味，白衣侍者，娼妓掮客，绑票匪，阴谋和诡计，白俄浪人……

电梯把他吐在四楼，刘有德先生哼着《四郎探母》踏进了一间响有骨牌声的房间，点上了茄立克，写了张局票，不一回，他也坐到桌旁，把一张中风，用熟练的手法，怕碰伤了它似地抓了进，一面却：“怎么一张好的也抓不进来，”一副老抹牌的脸，一面却细心地听着因为不束胸而被人家叫做沙利文面包的宝月老八的话：“对不起，刘大少，还得出条子，等回儿抹完了牌请过来坐。”

“到我们家坐坐去哪！”站在街角，只瞧得见黑眼珠子的石灰脸，躲在建筑物的阴影里，向来往的人喊着，拍卖行的伙计似地，老鸨尾巴似的拖在后边儿。

“到我们家坐坐去哪！”那张瘪嘴说着，故意去碰在一个扁脸身上。扁脸笑，瞧了一瞧，指着自家儿的鼻子，探着脑袋：“好寡老，碰大爷？”

“年纪轻轻，朋友要紧！”瘪嘴也笑。

“想不到我这印度小白脸儿今儿倒也给人家瞧上咧，”手往她脸上一抹，又走了。

旁边一个长头发不刮胡须的作家正在瞧着好笑，心里想到了一个题目：第二回巡礼——都市黑暗面检阅 Sonata；忽然瞧见那瘪嘴的眼光扫到自家儿脸上来了，马上就慌慌张张的往前跑。

石灰脸躲在阴影里，老鸨尾巴似地拖在后边儿——躲在阴影里的石灰脸，石灰脸，石灰脸……

（作家心里想：）

第一回巡视赌场第二回巡视街头娼妓第三回巡视舞场第四回巡视再说《东方杂志》《小说月报》《文艺月刊》第一句就写大马路北京路野鸡交易所……不行——

有人拉了拉他的袖子：“先生！”一看是个老婆儿装着苦脸，抬起脑袋望着他。

“干吗？”

“请您给我看封信。”

“信在哪儿？”

“请您跟我到家里去拿，就在这胡同里边。”

便跟着走。

中国的悲剧这里边一定有小说资料 1931 年是我的年代了《东方小说》《北斗》每月一篇单行本日译本俄译本各国

译本都出版诺贝尔奖金又伟大又发财……

拐进了一条小胡同，暗得什么都看不见。

“你家在哪儿？”

“就在这儿，不远儿，先生，请您看封信。”

胡同的那边儿有一支黄路灯，灯下是个女人低着脑袋站在那儿。老婆儿忽然又装着苦脸，扯着他的袖子道：“先生，这是我的媳妇，信在她那儿。”走到女人那地方儿，女人还不抬起脑袋来，老婆儿说：“先生，这是我的媳妇。我的儿子是机器匠，偷了人家东西，给抓进去了，可怜咱们娘儿们四天没吃东西啦。”

（可不是吗那么好的题材技术不成问题她讲出来的话意识一定正确的不怕人家再说我人道主义咧……）

“先生，可怜儿的，你给几个钱，我叫媳妇陪你一晚上，救救咱们两条命！”

作家愣住了，那女人抬起脑袋来，两条影子拖在瘦腮帮儿上，嘴角浮出笑劲儿来。

嘴角浮出笑劲儿来，冒充法国绅士的比利时珠宝掮客凑在刘颜蓉珠的耳朵旁，悄悄地说：“你嘴上的笑是会使天下的女子妒忌的——喝一杯吧。”

在高脚玻璃杯上，刘颜蓉珠的两只眼珠子笑着。

在别克里，那两只浸透了 Cocktail 的眼珠子，从外套的皮领上笑着。

在华懋饭店的走廊里，那两只浸透了 Cocktail 的眼珠子，从披散的头发边上笑着。

在电梯上，那两只眼珠子在紫眼皮下笑着。

在华懋饭店七层楼上一间房间里，那两只眼珠子，在焦红的腮帮儿上笑着。

珠宝掮客在自家儿的鼻子底下发现了那对笑着的眼珠子。

笑着的眼珠子!

白的床巾!

喘着气……

喘着气动也不动地躺在床上。

床巾，溶了的雪。

“组织个国际俱乐部吧!”猛的得了这么个好主意，一面淌着细汗。

淌着汗，在静寂的街上，拉着醉水手往酒排间跑。街上，巡捕也没有了，那么静，象个死了的城市。水手的皮鞋搁到拉车的脊梁盖儿上面，哑嗓子在大建筑物的墙上响着：

啦得儿……啦得——

啦得儿，

啦得……

拉车的脸上，汗冒着；拉车的心里，金洋钱滚着，飞滚着。醉水手猛的跳了下来，跌到两扇玻璃门后边儿去啦。

“Hullo，Master！ Master！”

那么地嚷着追到门边，印度巡捕把手里的棒冲着他一扬，笑声从门缝里挤出来，酒香从门缝里挤出来，Jazz从门缝里挤出来……拉车的拉了车杠，摆在他前面的是12月的江风，一个冷月，一条大建筑物中间的深巷。给扔在欢乐外面，他也不想到自杀，只“妈妈的”骂了一声儿，又往生活里走去了。

空去了这辆黄包车，街上只有月光啦。月光照着半边街，还有半边街浸在黑暗里边，这黑暗里边蹲着那家酒排，酒排的脑门上一盏灯是青的，青光底下站着个化石似的印度巡捕。开着门又关着门，鹦鹉似的说着：

"Good-bye，Sir."

从玻璃门里走出个年轻人来，胳膊肘上挂着条手杖。他从灯光下走到黑暗里，又从黑暗里走到月光下面，叹息了一下，悉悉地向前走去，想到了睡在别人床上的恋人，他走到江边，站在栏杆旁边发怔。

东方的天上，太阳光，金色的眼珠子似地在乌云里睁开了。

在浦东，一声男子的最高音：

"嗳……呀……嗳……"

直飞上半天，和第一线的太阳光碰在一起，接着便来了雄伟的合唱。睡熟了的建筑物站了起来，抬着脑袋，卸了灰色的睡衣，江水又哗啦哗啦的往东流，工厂的汽笛也吼着。

歌唱着新的生命，夜总会里的人们的命运！

醒回来了，上海！

上海，造在地狱上的天堂。